J.J.BOLAÑOS

STOP
Natale

Septiembre 2025

ISBN eBook: 978-84-685-9176-6

ISBN paper: 978-84-685-9177-3

Depósito legal: M-21686-2025

SafeCreative: 2510013200567

Editado por Bubok Publishing S.L. equipo@bubok.com

Tel: 912904490

Paseo de las Delicias, 23

28045 Madrid

Ilustrador: Mario Antonio Vargas Castro

A Zoinda y Javier, que supieron ser nuestros héroes de infancia desde la República de Portugal.

Índice

Los tigres del amanecer

A las imborrables reuniones en la calle Pedro Paulet

No sé cómo explicarlo, pero poder ver los primeros rayos de luz de la mañana resultó ser una curiosidad, madre de casi todas las dudas; esa especie de comezón que nos empuja a explorar sin saber si lo que vamos a encontrar vale la pena, que alivia en algo aquella ansia desproporcionada por tirarse al vacío y que nos deja como una pregunta al final de clase que el profesor decide responder en la siguiente lección, con la boca abierta, con ganas de respuesta.

De los amaneceres tenía como referente a mis primos que llegaban a casa a las diez de la mañana. Abrazados, con una sonrisa de oreja a oreja, cantaban música criolla a grito pelado. Donde uno se olvidaba la letra el otro la continuaba, y así, a grandes parches, conseguían hilvanar frases que yo no reconocí jamás como la letra original, pero que al menos les valía para estar contentos. Gracias a ellos aprendí el mal olor que tiene la ropa y el cuerpo después de beber. A lo lejos, me veían jugar en la calle y gritaban.

—Pedrito, primo, ven para acá, calichín.

Yo, hasta ese momento, dejaba que mis primos me dijeran calichín, aunque por edad yo los consideraba tíos porque me sacaban unos 15 o 20 años de diferencia.

—Pedrito, ¿sabes si tu tía está despierta?

—Si, tío. Pero ha salido.

Dejarse llamar calichín significaba sentirse el menor, el inexperto, el aprendiz, aquel al que hay que mostrarle el camino; así que yo dejaba que lo hicieran mis primos, a los que llamaba tíos por edad. Además, yo también lo hacía con los pequeños del barrio. De algún modo las grandes enseñanzas de la calle tenían que subsistir.

Ponía cara de asco, cuando con el aliento a manzana rancia, se acercaba uno de ellos a hablar.

—A ver, calichín, no pongas esa cara que parece que acabas de chupar limón. Muchachos, solo falta comprar el pescado que exprimimos al sobrino y ya tenemos para el ceviche.

En diciembre, el gobierno militar, como parte de las medidas para unirse a la celebración, había decretado disminuir el costo de las cervezas de marca nacional de jueves a sábado. El primer año de aquella medida la calle se llenó de chapas, de botellas, de poetas que descubrían su vocación, de perros perdidos que no reconocían ni los arboles ni los postes donde habían dejado sus huellas, de excusas para procrearse, de desamores inconclusos, de la fuerza que una cerveza del país podía dar para aquel extravagante afecto a lo nacional. La ciudad fue un chiquero, por lo que al año siguiente se decidió descontar el precio de cada botella de cerveza por cada cinco chapas y pagar por adelantado el precio de las botellas, para forzar de ese modo su devolución. La ciudad jamás lució tan limpia. «La culpa no es del alcohol sino del hielo», dijeron por ahí. Mis primos pertenecían al grupo de bohemios chauvinistas.

—Mira, Pedrito, hay canciones que tienes que saber cantar sí o sí.

—¿La del himno del Perú?, ya me la sé.

—No, Pedrito, ¿esa cojudez te hacen cantar?

—Si, tío, los lunes antes de entrar a clase.

—¿Y dónde la cantan?

—En el patio de colegio. Y los viernes el himno del colegio.

—¿Tu colegio tiene himno?

—Si, tío. Lo compusieron en inglés porque mi colegio es escocés, pero desde el año pasado lo tradujeron al español.

—¿Y eso?

—Nos dijeron que es porque el presidente del país es militar y no sabe inglés.

—A ver, cántanos una parte.

—¿En inglés o en español?

—En inglés.

—Come on Anglo students, seek the true quickly, that will surely help you to obtain, the unique and glorious victory.

—Ahora en español.

—Adelante estudiantes del anglo, a buscar la verdad presurosos, que con ella seguro obtendremos, la gloriosa victoria sin par.

—Muchachos, no ha bastado con que los miserables españoles hayan venido a conquistarnos, ahora vienen los escoceses.

Si se metían con el colegio me ponía serio, también porque en casa no se decían palabrotas. Ya estaba entrenado y podía enseñar a mi tío, lo podía tener de calichín en eso.

—No te molestes, Pedrito. Mira, esa canción del himno ya está pasada de moda, sobrino.

Esa última palabra tampoco hacía falta. De niño detesté que, luego de mencionar calichín, añadieran la de sobrino. Si lo decían de buenas a primeras, era por la urgencia de bajarte los humos, hacerte sentir su supuesta superioridad y mirarte por encima del hombro; en cambio, si lo usaban como segundo recurso, luego del calichín, era para calmar a la fiera.

—Las canciones que tienes que aprender como buen patriota son las criollas de toda la vida, calichín.

Típica estrategia verbal. Dicen calichín, si te ven serio te dicen sobrino, luego de verte relajado se suaviza la cosa y regresa el calichín. Y a pesar del enfado, ahí comenzaba lo bueno, porque uno de los primos se metía a casa en busca de su cajón.

—Pues la flor de la canela, ¡calichín!

—Nada que ver, ¡ojos azules! —respondía otro primo.

—No le hagas caso, calichín, que ese es de provincia y no sabe cómo son las cosas aquí en la capital.

—No hagas caso a esos apestosos, la alegría de este país viene del norte, escucha —repicaba el primo que con su cajón entonaba Alma, corazón y vida.

—¡Váyanse a cantar a otra parte, carajo, que es domingo! —gritaba un vecino.

—Deja a los muchachos tranquilos, que le cantan al país —respondía otro.

—Si no te gusta cámbiate de barrio, pues —añadía un tercer vecino a favor de la juerga. En aquel barrio la tranquilidad de la vía pública se permitía si el ruido cogía la gripe, pero con la llegada de las vacunas ya no tenía excusa.

Yo los imitaba, como un mono de circo o como quien quiere ser parte de ese clan, con toda la admiración hacia mis primos mayores, o mis tíos o esos familiares a los que les rendía culto los fines de semana cuando los veía llegar de juerga a las diez. Mis superhéroes de la infancia no estaban en la televisión, estaban en vivo y en directo, los podía tocar, hablar con ellos, cantar, imitar. Por el aliento no había duda de que eran de carne y hueso, estaban borrachos.

—Pedrito, calichín, la bodega de la señora de la vuelta de la esquina ya abrió, dile que te venda un cajón de cerveza. Toma.

Yo cogía el dinero, alegre de poder serle útil a mi grupo de ídolos, y corría en busca del alcohol.

—Pedrito, hijo, si tu madre me ve vendiéndote cerveza, me mata. Además, ¡cómo vas a cargar la caja! —dijo la dueña de la tienda.

Regresaba apenado de que la jarana milonguera se fuese a terminar por mi edad, por ser tan calichín.

—No pasa nada, sobrino, ahora vas conmigo.

Años atrás me dejaba llevar de la mano, sin embargo entendí que, si quería dejar de ser un calichín o un sobrino, tenía que caminar con las manos libres, fuera de los bolsillos, mentón erguido, quedarme en inspiración prolongada para inflar bien el pecho y dar pasos con las piernas abiertas, como patos; sí, como lo hacían mis primos mayores, mis tíos, mis ídolos.

—Hijo, ¡cómo se te ocurre que le voy a vender una caja de cerveza a este mocoso! —dijo la señora.

—¡Pedrito! —dije con voz grave. Bueno, lo intentaba. Ambos me miraron y se mataron de risa.

—Bueno, hijo, tienes que dejar unas monedas por los envases, por si se rompen.

—Aquí tiene, señora. Nos llevamos la caja.

—¿Con el mocoso?

—Sí, a él también me lo llevo, pero no voy a dejar nada por el envase.

Yo cogía una botella fría. Eran inicios de verano y no me quemaba las manos como en invierno en las que usaba las mangas largas para protegerme.

—Tío, ¿tú has visto amanecer?

—Claro que sí, Pedrito.

Me gustaba más cuando me llamaban así que cuando me decían calichín o sobrino. Sentía que me prestaban atención.

—¿Y qué tal?

—Pues nada, Pedrito, hay que tener cuidado porque a esa hora la ciudad es un zoológico.

—Mierda, la ciudad es un zoológico —dije. Fue de las primeras veces que pensé y repetí mierda con un desparpajo que no me hizo sentir incómodo.

—Bueno, Pedrito, eso si no aprendas de nosotros, ¿eh? Mejor dilo en inglés, que así nadie se va a dar cuenta en este barrio.

—Tío, ¿y cómo hacen con tanto animal suelto?

—Ah, Pedrito, es que tus primos son unos tigres, ¡unos otorongos!

Algún poder sobrenatural tenían que tener para ser tan buenos. Al sonido de la jarana callejera se le había sumado una guitarra y el baile de los vecinos en pijama.

—Pero eso sí, Pedrito, para ver el amanecer hay que salir de noche, y si lo haces tienes que estar acompañado.

—¿Yo también puedo ser un tigre?

—Claro que sí, Pedrito, ten cuidado con las lobas, nomás.

Mierda, pensé de nuevo. Puedo ser un tigre. Mis primos armaban la jarana en el barrio desde la noche del viernes hasta al atardecer del domingo. La gente del barrio se sumaba con timidez a la juerga. Mis primos se encargaban de animarlos, los hacían bailar y, si alguno tenía dos pies izquierdos, es decir, alguno que llegó tarde el día que repartieron el ritmo, con disimulo, lo ponían a tocar palmas al lado de los instrumentos musicales.

—¡Qué bien lo haces, hermano! ¡No hay nada que hacer que este es el que nos hacía falta! —les decían para convencerlos de su dudoso aporte.

Las abuelas del barrio se ponían de acuerdo para preparar el menú. No perdonaban ningún fin de semana, menos en diciembre, cuando se daba por descontado que la jarana empezaba los viernes; más aún desde que el presidente militar hizo lo que hizo.

—A ver, Pedrito, ven aquí. —Me sentaban en el cajón y yo hacía lo que podía.

—Mira, Pedrito, despacio, tun-de-te, tun-de-te, tun-de-te.

Las calles estrechas, no aptas para coches, con los cables de luz de poste a poste que interrumpían la visión del cielo, como una horrorosa telaraña, se decoraban con tiras de papel con la forma del gordito ese con barba blanca. Las intermitencias de las luces de colores, que se descolgaban por los cables de luz, se confundían en esa maraña. Al menos los vecinos acordaron no usar la música que venía con las luces. Un agudo infernal, un grito de adolescente asustado que daba punzadas en los oídos. La desesperación por pintarrajear de rojo las calles tenía el inconveniente de impedirnos jugar pelota, aunque por esos días de verano tanta congestión aérea nos servía de parasol. A falta de muérdagos, las puertas de las casas se decoraban con coronas y estrellas hechas con blondas, globos, corchos, papel crepé, el dibujo que el menor de casa había hecho para el colegio pegado en la puerta con un lacito rojo en el borde superior para tapar la cinta adhesiva y, cómo no, con chapas de cerveza pintadas de verde. Nosotros vivíamos en otro barrio, pero como el colegio terminaba a fines de noviembre, nos quedábamos los fines de semana en casa de las primas de mamá es decir, las madres de mis primos mayores, a los que llamaba tíos.

—Tío, ¿tú crees que el 25 pueda ver el amanecer? —pregunté.

—Claro que sí, Pedrito, tienes que aguantar nomás. Nosotros te ayudamos —respondió.

Mi primo menor, un madrugador de nacimiento, me tiraba de los pies para ir a jugar con las canicas que yo llevaba los fines de semana. A regañadientes, iba con él, no podía decepcionarlo, era mi calichín. Con las calles despejadas podíamos abarcar mucho terreno y ajustar el tiro. Con tres golpes a la canica del contrincante se declaraba al vencedor. Yo dejaría de ser el campeón mundial porque, mi primo menor, habituado a jugar con chapas, tenía una habilidad con las dos manos que le permitía dar en el blanco desde cualquier ángulo. Un gran futuro de francotirador.

Quizá era una señal, tenía que quemar etapas, tenía que ver el amanecer para dejar de ser un calichín, tenía que ser un tigre. Convencido, me preparé. Dejé de cortarme las uñas una semana antes del 25 de diciembre, para que, en caso de ser necesario, tuviera listas las garras afiladas. Practicaba en casa la manera de caminar de mis primos mayores, a los que llamaba tíos. Me miraba al espejo, con voz grave ponía cara de malo y repetía: «Soy Pedrito, ya no soy un calichín, voy a ser un tigre o un león».

La noche del 24 la calle rebosaba de vida hasta la última gota, las abuelas ultimaban los detalles, una mesa decorada con cubiertos, servilletas, velas, frutas, globos y campanitas esperaban a los comensales que a las nueve aún luchaban por los turnos de ducha en sus casas. A las diez las familias se saludaban de lejos mientras se sentaban a picotear alguna cosa a la espera de la cena de medianoche. Desde las siete de la tarde los fósforos desaparecían de las cocinas para salir a dar vida a los petardos que, con sus explosiones, recuperaban la audición de los críos: habían perforado los tapones de cerumen. Los estallidos venían de todas las direcciones, las pausas en las que el concierto se aplazaba y las conversaciones bajaban la voz, se reiniciaban por algún vecino. La ausencia de alboroto era intolerable. La alegría, tantas veces obligada a disimular, era como una enfermedad de la que todos tenían que contagiarse.

Antes de la medianoche, las campanitas se mareaban de tanto espasmo y uno de los abuelos mayores del barrio se ponía en pie, alzaba su copa de plástico lleno hasta el borde de vino Borgoña.

—¡Salud, feliz Navidad!

La mesa se convertía en un caos, en el que los unos se buscaban a los otros para saludar y brindar con el vecino, amigo, primo, prima, sobrino, sobrina, tío lejano, hijastro o amante de barrio. Los que recibían regalo eran los niños, mientras el resto, para no perder el fondo musical, jugaban a reventar cohetes. Envueltas en la media gris con la punta azul, obsequié las canicas al primo menor, a mi calichín. Ese era otro paso que tenía que dar, otra etapa por quemar para ser un tigre como mis primos mayores.

—Pedrito, este año no hemos podido ahorrar, así que te vamos a regalar un amanecer con nosotros —dijo uno de ellos.

Me sorprendí. Pensé que era el único que tenía claro que iba a ver un amanecer. «Cómo se nota que me falta, todavía soy un calichín», pensé. Tampoco se echaba de menos la radio, bastaba con el cajón, las guitarras, las cucharas, los coros, las voces que se turnaban con las palmas, los gritos de júbilo y el continuo torpedeo de juegos artificiales que prolongaba la euforia hasta casi las cuatro y media de la mañana.

—Vamos, Pedrito, no te quedes dormido, calichín —repetían los primos mayores.

La noche me pesaba en los ojos, pero escuchar la palabra calichín me reinyectaba valor.

Casi a las cinco y media de la mañana las primeras chispas de luz nos saludaban, mechas de color naranja parecían despegarse de una densa sábana de nubes grises que, cansadas de estar arriba todo el día, reposaban en la cabeza de las casas. En la calle solo estábamos nosotros, desde sus camas los bebés escuchaban los estribillos de música criolla como canciones de cuna, los vecinos tarareaban la jarana que mis tíos detenían para pasarse la botella y manifestar sus buenos deseos antes de beber. Podía escucharlos deglutir o el jadeo de la voz que corría para alcanzar a destiempo un acorde. El triunfo estaba cerca. Conforme el día se quitaba las legañas, las luces de la calle palidecían. Uno de mis tíos puso su mano en mi espalda y me llevó unos metros más allá para poder ver mejor.

—Tío, ¿y el zoológico del que me hablaste? —pregunté.

—Nosotros somos parte del zoológico, Pedrito —respondió.

Hizo una señal y los demás primos mayores comenzaron a tocar un vals que no conocía.

—¿Ya soy un tigre?

—Si, Pedrito, ya no eres un calichín. ¡Bienvenido!

Al compás de la letra de Amanecer loretano, el mejor 25 de diciembre amaneció con mis ídolos, con la luz del sol que se aglutinaba sin prisa, con las cuerdas de la guitarra que por enésima vez repetían su ronquera, con las sonrisas sin marchitar, con mis tíos, mis primos mayores, mis queridos amuletos de infancia.

De papel

Por la radio alertaron que, durante diciembre, los robos a las viviendas se incrementarían en más del cincuenta por ciento, porque tanto Navidad como Año Nuevo caían jueves, y la gente pasaría menos tiempo en sus hogares. Los picaportes, aldabas y candados se frotaban las manos, por fin se librarían del polvo de los almacenes. Las visitas a la familia, saludar a los que se fueron a los cementerios o irse de viaje podía conllevar una sorpresa a la vuelta del largo fin de semana. «Tienen derecho a llevar algo a sus casas», pensé. Nosotros no teníamos por qué preocuparnos. O, por lo menos, a Tito y Marlene les importaba poco lo de los robos. ¿Quién se asusta si no tiene nada que perder?

Lo que tenía valor en casa era un antiguo ropero que heredamos de la abuela de nuestra abuela. Una pieza de caoba de tres cuerpos, con la cornisa moldurada, puertas talladas con figuras de escudos y una cantidad de cajones en el interior en los que tranquilamente tres o cuatro familias podían guardar su ropa. Daba gusto ver aquel colosal bloque marrón rojizo que se sostenía sobre unas patas tipo ménsula. El día que lo trasladaron, hicieron falta cuatro personas. Miento, fueron cinco. El quinto dirigía los movimientos para dañar lo menos posible mientras lo subían a la tolva de la camioneta. Por seguridad lo transportaron de noche para evitar las coimas policiales, pero no tuvieron suerte.

—No se puede llevar gente en la tolva —dijo el policía que los detuvo en la avenida principal. Una persona a cada lado sujetaba la pieza para evitar que los baches de la pista lo hicieran caer.

—Jefe, es el ropero que me ha regalado la abuela de mi abuela y estos amigos me ayudan porque pesa —respondió Tito.

—¿Cómo sé que no es un robo? Estas semanas hay demasiados. Han escuchado las noticias, ¿no? —añadió el policía.

No respondimos.

—Déjeme sus documentos.

Se puso al lado del conductor y apuntó exhaustivamente los papeles con el dedo índice que daba saltitos entre una y otra palabra. Parecía la barra espaciadora llena de dudas de la máquina de escribir de un periodista diletante o un profesor recalcándole al alumno temas que debe repasar de cara al examen. Hacía tiempo. Esperaba la iniciativa para romper el hielo.

—Todo está en regla, pero la noche es dura, ¿entiende? Por eso su colaboración con la Policía Nacional es fundamental—. Tomó un poco de aire y concluyó con voz grave—. Puede colaborar aquí o en la comisaría. En la comisaría hay más gente y, ya sabe, caballero, es complicado ponerse de acuerdo.

Entre los cinco no llegaban ni a catorce mil intis en monedas.

—Si tienen un billete es mejor —dijo el policía mientras rebuscaban en la guantera.

—Jefe, solamente tenemos monedas.

—Vayan nomás —dijo con un gesto de desaprobación—. A la autoridad ya no se la respeta como antes. Espero que sea el último ropero que le regalen —concluyó.

Después del incidente cierto fulano aprovechó el semáforo en rojo para bajar la ventanilla.

—Señores, buenas noches. ¿Ese mueble que transportan está en venta? —preguntó desde su posición.

—¿Es usted policía? —respondió el conductor.

—¡Dios me libre! —exclamó el fulano.

—Pues no, no está en venta. Hemos sacado a pasear a las polillas.

—Pues me gustaría saber quién es el dueño.

—Soy yo, pero ya lo ha dicho mi amigo, no está en venta.

—Tenga por si cambia de opinión. Buenas noches.

Tito agarró la tarjeta de presentación.

—¡Qué carajo le pasa hoy a la gente con el regalo de la abuela de mi abuela! —dijo—. Arranca y piérdelo —añadió.

El chofer se alegró de poder acelerar con el semáforo aún en rojo. El fulano los siguió hasta casa. «Este cojudo no será policía, pero es igual de pesado», pensó Tito.

Después de la fiebre del oro rojo —una especie de histeria colectiva por la tala ilegal de los árboles de caoba, con un valor exorbitante en el mercado negro—, una avalancha de ebanistas llenó las terapias de grupo. A pesar de los antidepresivos no superaban el bajón. Tenían que ingeniárselas para utilizar otros materiales menos rentables.

Intrigado, Tito preguntó en las tiendas de muebles y de antigüedades por el precio de los objetos fabricados con esa madera.

—No, señor. Ese tipo de muebles ya no se comercializa. Es un objeto que vale un dineral. Por una pieza así ya podría jubilarse por adelantado.

—Lo vamos a vender cuando los chicos vayan a la universidad —le dijo a Marlene.

Cada uno tenía su espacio en el ropero. Tito y Marlene ocupaban la mitad. Nuestra mitad tenía colgadores de metal revestido con plástico desesperados por ser cubiertos para sobrellevar el frío. La ocupación gentil comenzaba con un «voy a poner esto aquí para que no se arrugue». Carecíamos de sacos, corbatas, vestidos largos en nuestro lado y colgábamos medias para intentar no ceder terreno en esa guerra fría.

En los cajones superiores, Marlene guardaba cofres con abalorios que usaba durante la semana y los que simulaban ser de plata para las ocasiones especiales. La verdadera joya familiar era el mastodonte de madera. Cualquier objeto precioso habría evitado entrar por dignidad. En ese mismo lado, una caja de zapatos llena de lapiceros, monedas, dos correas, una corbata michi y miles notas de papel pertenecían a Tito.

—Está en la caja —decía, si alguien le pedía algo.

Los cajones de nuestro lado tampoco se llenaron con nuestras prendas. Marlene usó los dos de la parte baja para poner la ropa de cama. Por detrás, entre la base y las patas, había un espacio vacío donde poníamos los zapatos. Cada miembro de la familia tenía dos pares, unos para salir a la calle y otros para trabajar. Salían bien lustrados a la calle y, durante el paso de las horas, se convertían en los de trabajo. Al lado de zapatos, las latas de betún soltaban la mantequilla con la que los untábamos hasta la suela. Si la reunión era especial, lustraba los de colegio que tenían humedecidos el forro y la plantilla por falta de aireación. Para jugar, heredé las zapatillas blancas de mi hermana que era dos años mayor. Recuerdo haberlas visto nuevas en las vitrinas de la tienda deportiva y no creer que eran las mismas.

—No tenemos ese color, las han lavado mal, hijo —respondió, con cierta sorna la vendedora.

Quedé un poco triste de ver que mis zapatillas de lona no eran del blanco de las que se veían por la calle. Lucían un blanco desteñido de azul claro. La culpa la tenía el azulito, una bolsa de tela con una pastilla azul en su interior que se sumergía en agua hasta que quedara del mismo color, para enjuagar la ropa blanca y las zapatillas al final. Los vestidos, bivirís y camisas blancas del colegio quedaban relucientes, pero las arrugas de las zapatillas de lona se resistieron al maquillaje en la puntera, el talón y los pasadores. Las llevé al zapatero para ver si tenía otra solución.

—La única solución es que te compres otras —dijo en tono serio, luego de insistir por algún tipo de pintura que pudiera cubrir los trayectos azules.

Al regresar a casa encontré a Tito, Marlene y a mi hermana alegres de haber recibido otro regalo de la abuela de nuestra abuela portados por un tipo con traje y zapatos negros impolutos que alcancé ver al doblar la esquina. «Este es viejo para ir al colegio, pero lustra excelente», me dije.

Como no teníamos cosas de las que preocuparnos, alargábamos las charlas en un esfuerzo por escudriñar las razones de cada situación. Queríamos saber por qué la abuela de la abuela premió a Tito con ese mueble de caoba y una cajita con letras similares al español, con tildes al revés. Ese recipiente de pandora contenía piezas envueltas con papel de una textura que cogió por sorpresa a la yema de los dedos.

—Seguro es papel caro —dijo mi hermana.

—Eso es lo de menos, hija, por fin tenemos un nacimiento —añadió Marlene.

Con sumo cuidado, Tito sacaba una a una las piezas. Marlene les quitaba el papel, nosotros repasábamos la sensación táctil y, una cebolla detrás de los ojos de Tito le hizo caer un zumo salado. La alegría se le desbordó.

—Es el nacimiento de mi tatarabuela. Lo heredó mi abuela, luego la hermana de mi padre y ahora nosotros. Recuerdo que fui a visitarla, pensé que eran juguetes y rompí uno —dijo Tito.

—¡Qué bonita historia! —exclamó Marlene.

—¿Y esas letras, Tito? —pregunté.

—Es francés. Lo compraron en un mercadillo de Navidad de Estrasburgo —respondió.

La luz peleaba por entrar a casa a través de una ventana redonda que semejaba un ojo de manga japonés: con la pupila bajo los efectos del speed que acapara toda su dimensión y la esclerótica es un halo que el dibujante no tiene tiempo de terminar por la estimulación simpática. Los otros claros eran los tragaluces del baño, de la habitación y un agujero por el que subíamos con una escalera para tender la ropa en el techo. En la habitación cabían 4 camas, pero un camarote y otra cama de plaza y media ocupaban el espacio. De no haber sido por el ropero que dividió el espacio en dos, hubiese mantenido el aspecto de albergue de mochileros. Posicionado en medio de la habitación, se tragaba la luz y dejaba entrar el día. No teníamos necesidad de dar la espalda a los rayos mañaneros. La madera bostezaba mientras hacía estiramientos por la tarde, después de haberse empalagado de sol. Jugábamos a trepar a la parte alta del mastodonte y salir al techo por la claraboya, mi hermana hacía mejores tiempos. No era lo mío. Ella ganaba las medallas deportivas y se las colgaba para molestar a los amigos mayores que no podían competirle. «No te preocupes, ahora entramos», repetía decidida cuando el disgusto de haber olvidado la llave podía destrozar alguna salida de casa. Usaba los hombros de Tito para impulsarse y en un tris estaba en el techo. Luego era sencillo entrar con el mueble debajo del tragaluz.

Las cosas de valor se guardaban encima del ropero, envueltos en cajas de zapatos. De todas esas cajas sobresalía la del pesebre que no teníamos temor de tenerlo a la vista, a la vista de la luz. La puerta de entrada a casa daba con un sillón y una esquina libre a la que iba a parar una mesa redonda de sala si no teníamos espacio suficiente para bailar y que regresaba a su posición original para las reuniones sin movimiento con los parientes de articulaciones congeladas. A cambio, convertían sus anécdotas en películas de cine que mantenían nuestra atención desde las imaginarias butacas.

Luego de recibir el nacimiento, sabíamos que la esquina tendría dueño por unos meses y que la mesa de centro, por más que exhibiera los primeros mordiscos de las termitas, iría a la habitación o al techo. Mientras armábamos el pesebre, supuse que era el momento en el que uno percibe que es bueno para algo y la rutina te da pistas de que no eres tan torpe. Tito y yo colocábamos las piezas de plástico que servían de base para dar forma al nacimiento. Mi hermana me miró y sentí que éramos parte de algo.

—Este es uno de los mejores momentos de esta familia —dijo Tito.

—¿Por qué, Tito? —pregunté.

—Marlene, ¿te acuerdas?

—Sí, Tito.

—Cuando decidimos adoptarlos no queríamos influenciar en lo que fueran a pensar de esta época del año. Por eso los años anteriores no armamos un nacimiento. Pero esta vez ha sido espontáneo. Le dije a Marlene que si algún día veía que construíamos uno entonces es que habíamos logrado tener una familia.

Tito, que era el sentimental de la pareja, puso lágrimas en el canto de los ojos y lo abrazamos.

El rumor de que en casa teníamos el mejor nacimiento del barrio no demoró en atraer a las vecinas, que husmeaban con la excusa del azúcar, de la sal, del aceite, de préstame unos cubiertos, unos platos, un mantel, «¿en tu casa tienen luz?, ¿en tu casa tienen agua? ¡Qué hermoso! ¿puedo traer por la tarde a mis hijos para que lo vean?» Marlene no se negaba y pasamos a ser el museo de la cuadra. «Buenos días, me han comentado que esta es la mejor hora para ver el pesebre. Buenas tardes, ¿es esta la casa donde hay una exhibición de nacimientos? Buenas noches, ¿el burrito es real?»

Marlene y Tito prefirieron ignorar las interrupciones y dejaron la puerta abierta un rato después de la comida y luego por la noche antes de dormir.

—¿Ha pasado algo? —dijo Tito. Una aglomeración no nos dejaba llegar a la puerta de casa.

—Estamos a la espera de que abran esa casa para ver el nacimiento más hermoso del municipio —dijo uno que aguardaba para entrar.

—¿Alguna propuesta? —preguntó, Tito.

—Cantemos hasta que se vayan —respondí.

—Antepasados artistas tienes, seguro —respondió. Luego miró a mi hermana—. Y tú la maestra de ceremonias.

—El fin de semana podemos ir a visitar a mis primas —añadió Marlene.

Dimos unas vueltas por la cuadra.

—Creo que se han ido de vacaciones —dijo, Tito para dispersar a los que quedaban.

—No vengo a ver el pesebre, vengo a hablar del ropero —respondió, uno.

—Pero si es usted el que me crucé en el semáforo —añadió, Tito.

—¿Este es el señor que los siguió cuando trajiste el armario? —preguntó Marlene.

—Sí —respondió.

—Buenas noches. Soy Martin Cuervo, dueño de la tienda de antigüedades más conocida de la ciudad. —Extendió la mano y nos saludó.

—Disculpe, creo que le dejé claro que no me interesa venderlo.

—Sí, no se preocupe. Pienso que podríamos hacer un trato para más adelante. —miró a mi hermana—. Pronto habrá que velar por el futuro.

—Nos gustaría, pero la casa está desordenada, lo siento —dijo Marlene.

—No se preocupe, señora. Ya que estoy por aquí, ¿podría ver el pesebre del que se habla en el barrio?

Marlene y Tito accedieron. Ni bien entró se puso los lentes y se acercó con indiferencia. Como si fuera un objeto de medio pelo.

—Que no se atreva a decir que no le gusta que lo reviento —masculló Tito a Marlene.

Una pausa de silencio que no se vivía en esa casa hizo que Tito carraspeara. El fulano se quitó los lentes y los miró.

—¿Están seguros de que no quieren entrar en el negocio de antigüedades?

Ellos no entendieron. Yo asocié antigüedades con tener que comprar y vender ancianos. Los ancianos eran divertidos. Contaban historias que yo pensaba emular y con la mesa de centro en su sitio no tenía que demostrar mi torpeza en el baile.

—¡Sí! —grité entusiasmado.

Las miradas volvieron hacia mí.

—Los chicos siempre dicen la verdad, señores —añadió el fulano, aprovechando el pánico.

—Mire, señor Cuervo, en este momento no estamos interesados en ese negocio. Si algún día queremos entrar le avisaremos.

—Me parece bien. Sepa que tiene un par de piezas valiosas en casa.

Se despidió con una media de sonrisa. «Pronto no tendrán qué comer y les pagaré lo que me dé la gana», pensó el fulano.

—Bueno, el ropero y el nacimiento son de esta familia y no se van a vender —finalizó Tito después de cerrar la puerta.

Pasadas las fiestas de fin de año, decidimos poner la caja del pesebre debajo del armario para no tenerla tan a la vista desde el tragaluz. Al año siguiente, nos lo robaron. No los culpo. La culpa fue de la caja por ser tan bonita. Los sentimientos compartidos unen a la gente y a nosotros nos unió la pena por el robo de un emblema familiar.

—¿Habrá sido el fulano de las antigüedades? —dijo Tito.

—No creo, porque sabe que tú podrías ubicarlo —respondió Marlene.

—Bueno, vamos a volver a la realidad. No podemos comprar un nacimiento.

—¿Qué haremos? —preguntó mi hermana.

—Haremos uno de papel. Ya somos una familia.

Entre plumones, pinturas, tijeras y goma aquel nacimiento fue el mejor recuerdo de Marlene y Tito. Ya no éramos adoptados. Teníamos una familia.

Amaru y Yaku

En el pueblo, los días no tenían nombres. Los viejos, que eran del año en el que los árboles se olvidaron de dar frutos, prefirieron dejar de lado esa costumbre. En cambio, determinaban la singularidad del clima o del carácter con el que afrontaban la jornada y decían: día mustio, día alegre, día inútil, día despejado, día largo, día pesado, día seco, día durmiente, día productivo. Ningún momento era igual a otro.

—¿Qué día tendremos? —preguntábamos a los abuelos del pueblo cuando retrasaban su pronóstico, cosa que pasaba a menudo. Con mirada inquisitiva lanzaban la red del campo visual unos metros a la redonda mientras los cartílagos de las ventanas nasales se batían como sabuesos en busca de rastros de humedad en el aire.

—Hoy es un día colérico y estrellado —respondió uno de ellos. Su pronóstico fue acertado, pues después de la tormenta, el cielo se despejó.

Las bisagras de las puertas del pueblo abandonaron los estiramientos matutinos y se quedaron en flexión, con los hombros hacia atrás. Condenaron a la gente a ser hospitalaria. Muchas casas tenían los marcos para saber por dónde entrar. El pueblo no tenía plaza central ni algún árbol antiguo alrededor del cual reunirnos. Contábamos con tres árboles rodeados por placas compactas de quincha, un armazón de caña recubierto por barro. Una superficie homogénea sobre la que saltábamos con riesgo de torcerse el pie, y que los abuelos usaban para saber si había viento.

—Hoy es un día borrascoso —decía uno de ellos, al verla descubierta de tierra.

Porfirio, que era del año de la pera, deslizaba migas y otros restos de alimento hacia un pedazo de bolsa de papel. Se daba unos golpecitos en los muslos para despabilarlos y volver a caminar. Sus pies descalzos eran piezas de rompecabezas que encajaban en los hoyos del camino. Desde el trampolín del cielo la luz del sol ejecutaba repetitivos saltos de frente y de espaldas al vacío. Cuando empezaba a caer de panza, por culpa del cansancio, las sombras cubrían poco a poco la única banca del pueblo, situada junto a los tres árboles. La banca de caña había sido hecha para quienes querían hablar en público.

—Es la banca de los haraganes —decían los abuelos.

Porfirio se sentó, abrió la bolsa y lanzó parte del contenido a reencontrarse con el polvo.

—Buenos días, Porfirio —dijimos.

—¡Ahí viene el loco, ahí viene el loco! —gritaron otros.

Porfirio no contestaba, pero no era el loco del pueblo. Era el anciano que decidió dejar de trabajar en el campo. Fue parte de las rondas campesinas que velaban por la seguridad de los pueblos que no existían en el mapa y repelían los intentos de asalto de los terroristas en zonas que carecían de protección del estado. Los ronderos ayacuchanos mantuvieron la paz de doce pueblos durante diecisiete años.

—Hace mucho que tenemos días reposados —se decían entre ellos, en esa época.

El anuncio de paz del gobierno demoró en llegar.

—La época de violencia se terminó hace cuatro años —dijo uno de los primeros forasteros que pasó.

—Esos son muchos días reposados —comentaron.

Las rondas se disolvieron en grupos que colaboraban en mantener la justicia.

—¿Dónde está mi familia? —preguntó Porfirio una tarde al regresar del campo.

—Se han llevado a las familias de los ex ronderos ayacuchanos, Porfirio —le respondieron.

Aquella tarde su casa parecía la ruta equivocada de un ventarrón, que huía de la lluvia y entraba por el orificio más grande de casa para continuar su huida por las rendijas. Porfirio se sentó.

—Hoy es un día maldito —fue su última frase.

Al darse cuenta de que era desatendida por el escaso uso de recuerdos, su memoria optó por olvidarse de él y se alejó. Los campesinos trabajaron su tierra abandonada y le dejaban un cesto con parte de la cosecha.

Desde entonces, Porfirio tenía la misma rutina. Se sentaba en la banca de los haraganes, con las migajas a sus pies, sin que nada sucediera. Nosotros permanecíamos sentados, intentando ver el desenlace, pero nuestra madre llamaba a la hora de la comida. El pueblo era pequeño, y cualquier llamado debía pasar por al menos por cinco o seis intentos antes de llegar a su destino.

—Están llamando a Amaru y a Yaku a comer —decía una vecina a un vecino que pasaba por la puerta.

—¿Has visto a Yaku y Amaru? La comida está servida —decía este vecino a otro.

—La comida se está enfriando y no encuentran a Amaru y a Yaku —repetía un tercer vecino al llegar a su casa.

—¿Amaru y Yaku no estaban jugando con tus hijos? —preguntó por el marco sin puerta a una cuarta vecina.

—Se quedaron mirando al loco —respondió uno.

—No se le dice loco a Porfirio —gritó un adulto en la mesa—; llámalos desde la banca de los haraganes para que te oigan.

Porfirio seguía petrificado en el terreno jaspeado de migajas. En la zona de los tres árboles, era irremediable que la gente del pueblo que no se llevaba bien se cruzara. Lo mismo le sucedía con la luz del día, que saludaba a las sombras sin detenerse, cada una inclinándose hacia lados opuestos del horizonte. Una despedida sin vuelta atrás, hasta que el arrepentimiento les hacía recaer al día siguiente.

De repente, aparecieron dos o tres palomas. La última vez que alguien vio palomas fue antes de la época del terrorismo. Para verlas, había que caminar dos días hasta el pueblo más cercano con una iglesia. Las palomas comenzaron a picotear las migas. Gorjearon antes de terminarse el festín. Porfirio puso más en sus muslos. Las palomas gorjearon con intensidad mirándose entre ellas.

—¿Quién se acerca ahí? ¿Voy yo? ¿Vas tú y me dices que tal? No tiene pinta de cazador, en este pueblo no hay palomas, no por exterminio, sino por falta de campanario.

Picotearon sobre los muslos, y si la tela se enganchaba a sus picos, batían las alas.

—Me han apresado. No seas tonta y abre la boca —dijo una paloma.

Porfirio parecía un árbol resignado a entregar sus ramas.

Tras el segundo festín, el gorjeo se hizo más pausado, mientras esperaban que el peristaltismo hiciera espacio.

—Me imagino que habrá frutos secos de postre, ¿no? —comentó otra paloma.

Se sentaron a charlar en los muslos de Porfirio.

—Hemos tenido suerte de seguir al tendero. No se ha dado cuenta de que su alforja está rota y ha dejado caer semillas. ¿Qué te gustaría mañana?

Las manos de Porfirio irrumpieron en la conversación. El gorjeo agónico se escuchó en el pueblo, pero no era un llamado para comer, y nadie hizo caso. No estábamos acostumbrados a esos sonidos, así que cualquier ruido extraño se consideraba un azar de la naturaleza.

—Amaru, Yaku, tienen que ayudarme a limpiar el pajar, que hoy llega el tendero —dijo mamá.

Nuestro pueblo era un paso obligado para todo, menos para los años, los meses y los números. Quizá por eso nunca escuchamos «hoy es un día intranquilo». Los insectos, cansados de caminar a sabiendas de los efectos tóxicos de la sangre de mamífero, optaban por una dieta vegetariana. Los camellos, conscientes de la falta de agua, bebían de la lluvia. Los coyotes, con su aspecto desnutrido, no tenían problema en adaptarse a lo que había. Las tortugas pensaban que el pueblo era una alucinación por el calor. Los alacranes trasnochaban, las serpientes cascabel arrullaban la siesta y hasta las bacterias, ausentes de antibióticos, se hacían saprofitas. Los comerciantes que pasaban por ahí se quedaban a dormir dos noches en la única posada del pueblo: un montículo de paja hecho con los restos dejados por la naturaleza días lluviosos, que luego oreábamos en los días secos.

—Me han tratado bien en los pueblos anteriores, así que le pagaré en efectivo —dijo el tendero.

—Preferiría alguna de las cosas comestibles que trae —respondió mamá, a sabiendas que el lugar más cercano para gastar el dinero estaba a dos días a pie.

—Pues este año tengo un producto de temporada que está teniendo mucha demanda —dijo.

Puso la alforja encima de la mesa y sacó un envase trapezoidal de cartón negro con rayas multicolores y una foto que parecía un pedazo de pastel atacado por la viruela.

—Este producto se elabora con harina de hongo comestible desde hace dos años. Ha sido un golazo de media cancha. No lo suelo vender aquí porque no hay quien pague, pero se lo dejo ahora. Pruébelo y ya me dirá.

No podía engañar a mamá, porque cada tres o cuatro meses pasaba por casa.

Esa noche, el tendero nos contó más de sus historias. El cielo brillaba con migajas siderales desparramadas por doquier.

—¿Saben qué fecha importante se acerca? —preguntó el tendero.

Yaku y yo nos miramos, encogimos los hombros.

—¿Ustedes van al colegio? —volvió a preguntar, sin haber recibido respuesta a la primera pregunta.

En el pueblo no teníamos colegio. Hasta que nos empezaba a cambiar la voz, nos salían los primeros pelos o ambas cosas a la vez, requerimientos indispensables para trabajar el campo, los padres nos dejaban con el grupo de abuelos que se reunían desde que el sol se asomaba dubitativo al trampolín. Sentados en el suelo, escuchábamos la primera predicción.

—Es un día templado.

—Parece que no va a llover esta semana. Los camotes prenderán bien en la tierra.

Después, los curiosos hacíamos preguntas, y los que no, se limitaban a ser meros actores pasivos, a mantener la tradición. Miraba a Yaku y pensaba si algún día tendríamos los poderes de los abuelos. Ellos tampoco fueron al colegio, sin embargo, asistieron a las reuniones de sus propios abuelos, donde aprendieron las nociones básicas de la vida para luego equivocarse a su manera.

—¿Tu, crees, Yaku, que algún día vamos a saber qué tiempo hace?

—Me gustaría saber qué hace Porfirio con las palomas —respondió.

—A mí me gustaría saber cuándo darán fruto los árboles del pueblo.

Porfirio dormía sin interrupciones. Había domesticado el hambre. Su estómago se conformaba con banquetes esporádicos. No formaba parte de la reunión de abuelos. Se alejó después del incidente con su familia.

—¿Qué es una fecha? —preguntó Yaku al tendero.

—Es un día del año en el que ocurre algo que hay que celebrar —respondió.

Miré a Yaku y recordé que habíamos celebrado el regreso de la lagartija que paseaba por casa. Pensamos que la habíamos matado al cortarle la cola.

—Nosotros celebramos que la lagartija con cola negra está viva —dije.

—¡Si!, fue bonito volverla a ver —añadió Yaku.

El tendero nos miró, sin entender lo que pasaba.

—Esa celebración está bien. Pero hay otras fechas que se celebran con la familia. Los cumpleaños, por ejemplo —añadió.

—¿Qué es un cumpleaños? —preguntó Yaku.

—Es la celebración del día que naciste —respondió el tendero.

—Yo nací un día lluvioso —respondió Yaku.

—Y yo un día sensato —dije.

—¿No tienen calendarios en casa? —preguntó el tendero, exasperado por no escuchar explicaciones corrientes. Continuó—. Hay una fecha que se celebra en los pueblos más grandes, donde la gente come el pastel dulce que le he regalado a su madre.

—¿Qué celebran? —pregunté.

—Celebran estar unidos. En familia. Si comparten esa alegría con alguien más, mucho mejor.

Ni Yaku ni yo entendimos. En el pueblo, nos alegrábamos si a algún niño le salía un diente por primera vez. La madre, orgullosa, lo pasaba a las demás mamás. «Qué diente más blanco tenía tu hijo». Lo guardaban, excepto si era afilado porque servía de cuchillo. Luego, cuando ya éramos grandes, nos lo entregaban como una sorpresa que hacía reír al pueblo.

—Dentro de poco, en el pueblo de al lado, celebrarán con juegos de luces una fiesta que se celebra en familia que espero puedan ver desde el cerro —proseguía el tendero—. Si lo logran ver, coman el pastel y usen esto.

Sacó una cajita alargada del tamaño de una lagartija. El fondo, de un azul oscuro, contenía una lumbre amarilla de la cual partían finas hebras que terminaban en diminutas estrellas. En el centro, una especie de varita mágica estaba a punto de estallar, como una antorcha lista para encender la llama olímpica. En el extremo derecho, a modo de sello postal, dentro de un círculo rojo con halo blanco, se veía la figura de una mariposa de cuerpo oscuro, alas granates con bordes salpicados de puntos blancos, y una empuñadura en la cabeza de la que nacían antenas en forma de floretes, perfectas para practicar esgrima. En letras gruesas y amarillas, torcidas hacia la derecha y escritas a mano, se leía: Chispitas Mariposa.

Dentro de la cajita, unas varillas de metal tenían el aspecto de arcabuces cansados, que, hastiados de la avancarga, decidían cubrirse la mitad del cuerpo con doce pequeños apóstoles de pólvora. El tendero sacó un encendedor de su bolsillo, acercó la llama y unas chispas, que dibujaban formas de asteriscos, iluminaron su rostro.

La caja del pastel con viruela permaneció en lo alto de la repisa de la cocina.

—Amaru, lo cogemos y miramos qué hay dentro —dijo, Yaku.

—Mamá se puede molestar.

—No se va a enterar.

Yaku se subió a la silla para alcanzarlo.

—Mejor hazme patita de gallo —dijo, Yaku.

Junté las manos sin unirlas por completo, dejando parte de las palmas libres para que Yaku pudiera apoyar el pie.

—Aguanta un poco más, Amaru, que ya casi llego. Empújame hacia arriba, vamos, un poco más.

—Pesas mucho, Yaku.

—Empuja sin parar.

—No puedo. Me duelen las manos.

—Ya casi lo tengo. Aguanta un poquito.

La patita de gallo se rompió. Yaku y la caja cayeron encima de mí. Comprendí al camote que está en el fondo del costal, luchando por no hacerse puré.

—No hables, que vas a despertar a mamá. En lugar de patita de gallo tienes patita de gallina.

No fue la caída, si no las trompadas, lo que la despertó.

—No sean cargosos. A dormir, si no les va a caer a los dos. Y pobre de ustedes si veo que el pastel está mordido. A dormir.

—¡Ha sido tu culpa, maldito!

—No, ha sido tuya por decirme gallina.

—Es que eres una gallina.

—¿No te das cuenta de que no tengo plumas?

—Ya te saldrán en lugar de pelos.

—No me des cuerda que te voy a pegar.

—Eres pura alharaca.

—Si tienes tanta chispa, ¿por qué no te conviertes en fosforo y te vas a prender las velas del pueblo?

Mama nos apapachó y nos quedamos secos.

Por la noche, días después, alguien gritó desde la banca de los haraganes:

—¡Silbidos de luz en el cielo, silbidos de luz en el cielo!

Y luego, acompañó al resto de curiosos que se dirigían al cerro del pueblo. Los abuelos dormían, y no sabíamos cómo denominar aquel momento. Desde el pueblo vecino, arañazos de luz iluminaban el firmamento y silbaban al ascender, como si tuvieran prisa por llegar tarde al viaje que las llevaba a unirse con el sol.

—¡Vamos a casa a encender las lagartijas! —dijo Yaku.

Corrimos hacia casa, mamá desde la puerta observaba las luces sonoras. Abrimos la cajita y sacamos las varitas mágicas que dejaban parábolas de luz al agitarse en el aire.

—Amaru, Yaku. Es el momento de comer el pastel —dijo mamá.

Nos devolvimos una mirada de sorpresa.

—El tendero me contó lo mismo que a ustedes —añadió.

—Mamá, ¿con quién lo vamos a comer? —preguntó Yaku.

—Con Porfirio —respondió.

—Pero ahora estará durmiendo —dije yo.

—Tienes razón, esperaremos. Mañana será un día para compartir.

La bisabuela y merienda

A Zenaida y Enrique

En casa de mi bisabuela, todo transcurría al ritmo de la cafetera. El agua recién hervida de la tetera que por gravedad humedecía la molienda, apisonada por una cuchara sobre un recipiente de metal con minúsculos orificios en su base. De vez en cuando, según la cantidad de gente que lo fuera a beber, había que impregnar el resto del polvo a pulso, escuchar cómo el crujido del café liberaba el último estertor con un vapor agradable a hogar y de amargor tibio a disgusto pasajero. Luego, sentarse a esperar, porque las gotas estaban aquejadas de bradicardia. La cafetera y la tetera provenían de la misma familia, llenas de pecas de hollín, sin derecho a jubilación, moldeadas por los golpes, testigos de tertulias, con un pasado de acero que alguna vez fue inoxidable.

No importaba que fuera mediodía de verano, mucho menos fin de semana. El calor entraba hasta el salón y no se disipaba por la ausencia de gente en la calle que se lo pudiera llevar encima. No importaba. Mi bisabuela no había perdido la costumbre de combatir el frío, aunque las temporadas de sol fueran una tregua para aquellos huesos que toleraban menos los cambios de clima. De ese modo evocaba la hospitalidad de los Andes donde, para hacer menos dolorosa la respiración, en las casas se invitaba un café pasado a mano con un chorro generoso de pisco. Bebían con aspiraciones cortas para evitar el paso del frío; la temperatura del cuerpo, minusválida de lumbre, se acercaba a la boca, y el líquido se agitaba en la punta de la lengua. A la vibración de la garganta no le daba tiempo de avisar a la caja torácica, que se inundaba de calor con cada trago. La calidez del café y la energía del pisco no demoraban en aparecer; el motor que bombeaba la sangre ya tenía el carburante para calentar los pies.

Yo llegaba los sábados, a las diez de la mañana, después de hacer una compra en el mercado, con una bolsa llena de fruta, tomates, azúcar y la edición sabatina del periódico. En su formato sábana, con noticias que no se iban a terminar de leer en un solo día, servían para la semana. No me faltaba razón. A tío Rubén, el hijo que vivía con ella, lo encontraba más de una vez releyendo las ediciones pasadas.

Los microbuses que me llevaban hasta su casa eran de color azul en la trompa y los laterales. Los marcos del amplio parabrisas, las ventanas, la parrilla frontal y el techo eran de color amarillo. Una franja blanca debajo de las ventanas, llevaba en pintura negra, los nombres de las zonas por las que pasaba: Gardenias, San Borja, Lince, Breña, Senati. El parachoques también era blanco, con luces neblineras, y en el centro de las lunas del conductor, el nombre de la empresa: Comité 46. La nariz del microbús, alargada, parecía una caja de mentiras y, para no dejar que esas mentiras salieran, tenía una cubierta grande con el nombre Dodge. Por fuera, en la puerta, y por dentro, junto al panel de instrumentos, la marca Moraveco con la gran eme roja de fondo, con letra hipertrófica, brillaba en una chapa. Podría parecer el logotipo de un cómic, sin embargo, era la insignia de una empresa que, en su época, recuperó la autoestima de un país sin superhéroes, produciendo electrodomésticos, y que luego se expandió a carrocerías. Tío Rubén trabajó en ambas.

Subir, no se subía al microbús, se escalaba, el estribo era un altillo que el cobrador ayudaba a superar. El caucho que cubría los pasillos olía a combustible, señal de que la jornada apenas comenzaba. En el camino, el vehículo daba sacudidas, jadeaba con los frenos o los cambios de marcha, el marco de madera con la foto en blanco y negro del autobús nuevo, con el chofer y el conductor a ambos lados, se mecía. Aún vacío, podía cambiar de asiento mientras el chofer miraba por el retrovisor y sonreía. El cobrador bostezaba y se desperezaba en las grandes plazas donde se congregaba la gente que iba en dirección norte, a las afueras de la ciudad. El chofer volvía a mirar por el retrovisor y yo me sentaba en el último asiento de la fila de la derecha, al lado de la ventana, desde donde veía la única puerta de acceso al microbús. Después de la primera plaza, los asientos ya estaban ocupados. El cobrador llevaba en las manos monedas ordenadas según el tamaño y las hacía cascabelear al contraer los dedos contra la palma.

—Pasaje, pasaje, pasaje. ¡Feliz Navidad y próspero Año Nuevo! ¡Cincuenta por ciento más, hasta el dos de enero! —repetía.

El conductor bajaba el volumen de la radio y el cobrador tocaba una maraca llena de calderilla. Yo llevaba el pasaje de ida en un bolsillo, el de vuelta en otro y unos cuantos centavos en las medias, por si algún ladrón me dejaba sin nada. Después de pasar por dos plazas, el vehículo ya estaba lleno; aun así, el cobrador insistía.

—Avancen, avancen, que al fondo hay sitio.

Entregaba boletos a los que había cobrado antes de que los pasillos se llenaran. A los demás, luego de aplastarse con el sudor de los demás, les cobraba al bajar.

—Señores, ayuden a la gente que lleva bolsas, por favor —dijo el chofer, consciente de que por culpa de eso perdían espacio. Los pasajeros despertaban de su egoísmo y no quedaba ni uno que no llevara una bolsa en sus faldas.

En los balcones, puertas y ventanas, las luces y letreros de saludo acorralaban las calles. Las bolsas de compra, con olor a gratificación fresca, aleteaban los brazos de la felicidad. Desde la ventana eran una decoración en vivo. El arbolito colgado al lado del marco de la foto oscilaba y el conductor lo ajustaba con la mano derecha.

Cada quince minutos, la radio interrumpía las noticias con interminables ofertas de juguetes y demás necesidades, pero el futbol monopolizaba las crónicas del día. El partido entre las dos escuadras más populares del país podía definir el campeón. En la clasificación, tenían un punto de diferencia, y a falta de una fecha, el choque era de vida o muerte. Yo también era un futbolero, insensato por tradición, aún acostumbrado a tener que contentarme con los campeonatos locales y ninguna buena participación en los torneos del continente. Pero era el rival de siempre, era diciembre, y debíamos terminar el año siendo campeones, malogrando las fiestas al equipo enemigo.

Conforme bajaban el ambiente de fiesta se esparcía. Las luces y carteles de saludo de diciembre también. El conductor reducía la velocidad, subiendo y bajando colinas de tierra que, para escapar de su mala suerte e intentar subir, golpeaban las puertas y ventanas. Si pagaba pasaje quizá le hubiera ido mejor. El silencio, empachado de ruido, hacia la siesta, roncaba con el viento. La casa estaba en una zona poblada a punta de escupir ladrillos porque las viviendas se esparcían sin sentido, y las moscas, conscientes de la soledad, optaban por no asentarse en esa parte de la ciudad.

Sin asfalto a la vista, el cobrador preguntaba dónde íbamos a bajar para, según eso, trazar el carril que se borraba con las rachas de aire. Yo bajaba después de cruzar el rio. Me alejaba apresurado para no empaparme con el polvo que dejaba el microbús y comprobaba que las monedas estaban en su sitio antes de continuar por los charcos de tierra que teñían mis zapatos. Las primeras veces que fui, tocaba la puerta con educación, pero luego de entender que, a falta de timbre, los ladridos del perro no llegarían a buen puerto por la sordera de tío Rubén y las rodillas de mi bisabuela, daba puñetazos en la puerta de madera hasta lograr mi cometido.

El abría y, aunque medía lo mismo que yo a los trece años, era uno de los pocos tíos mayores con los que mi hermana y yo podíamos tener una tregua. No nos agarrábamos de golpes frente a él. Ni siquiera la abuela materna lo había conseguido. Irradiaba paz desde el claustro de su sordera.

—Hijo, ¿ha ganado la U? —preguntó.

«De tanto releer noticias pasadas se quedó anclado en él», pensé. Pero luego reparé que la luz artificial aún no llegaba por ahí y que a la radio se le habían acabado las pilas.

—No, tío. El partido se juega hoy.

En casa de mi bisabuela, lo cotidiano dependía de la artrosis de sus rodillas. La vida se había acostumbrado a que le dieran cuerda y las ollas, consumidas en sus espaldas por el fuego, convenían en que no había porque correr y alargaban la innecesaria agonía de los alimentos. Eso sí, ella era de dar órdenes.

—Hijo, ya que estas aquí, barre la casa.

Con sus raspones al suelo, la escoba de paja contenía el ímpetu.

—No, no has terminado, ahora hay que tirar un poco de kerosene para abrillantar el piso.

Sí, lo hacía a propósito. Dejaba lo del kerosene para el final. Con la paja remojada peinaba el suelo, meciéndome de un lado a otro con ese olor. Disfrutaba barrer, y me hubiese gustado ser el mejor barrendero de la ciudad para poder esparcir kerosene por todas partes. Ella lo notaba y, como no podía con su genio, interrumpía ese trance de hechicería aromática.

47

—Date prisa, hijo, que después tienes que sacar al perro.

Con el perro no había química. Sin mover la cola me lo daba a entender y yo lo sentía cuando tiraba de la cadena. El perro no tenía excusas, no era sordo, ni sufría de artrosis. Un pastor alemán con las piernas en herradura de caballo. «Algún antepasado suyo ha corrido en el hipódromo», pensé. Fuera de casa, recobraba su furia conforme se encontraba con otros de su especie. Tenía que ganarme su aprecio para no parecer que al que sacaban a pasear era yo. Pensé en hacerlo correr, pero en mi vida había visto un perro tan descoordinado. Las patas delanteras querían avanzar, pero las traseras se movían en sentido perpendicular y no se lo permitían. Un cruce entre caballo, liebre y perro. Avergonzado de su defecto, comenzó a mover la cola, si no lo hacía, ya le tiraba de la cadena para ver quién reía último.

La casa tenía cuatro habitaciones, una cocina sin paredes que daba a la sala, no por querer construirla al estilo americano sino porque el presupuesto no dio para más. Una de las cosas que me gustaban era que el baño estaba al lado del portón, cerca del tanque de agua que, una vez lleno, se convertía en una piscina donde se combatía el calor. ¿Por qué me agradaba que el baño estuviera tan lejos? A unos pasos del tanque–piscina, estaba el baño y la ducha separados por un tabique de madera. Me gustaba saber que ni los ruidos del resto ni los míos podían interrumpir la convivencia por la inoportuna sonoridad del usuario de turno. Eso no sucedía en nuestra casa. Mamá se ponía de pie con mucha elegancia y sin dejar de mirar a los presentes, tomaba la palabra y levantaba el volumen de la música si alguien se dirigía al lavabo. Teníamos casetes de música clásica que sonaban durante el día con modificaciones en la intensidad del sonido. Gracias a eso, aprendí a querer las cuatro estaciones de Vivaldi que, con sus agudos de violín, impregnaban la visita al servicio de un talante humanista.

Pero lo que más disfrutaba de ir a visitarlos, era el olor a esencia amarga y dulce que se intercalaba en cada respiración. Si te acercabas a la cocina, ganaba el amargor del café que aguardaba, calladito, para no quemarse. La fragancia a fruta confitada venia de la habitación que utilizaba de alacena, con panetones en caja apelotonados sobre lo que debía de ser la cama de invitados. En su casa se comía panetón durante todo el año.

—¿Y este quién lo trajo? —pregunté en voz alta para que pudieran oírme—. ¿Y este quién los trajo? —repetí, y el perro, que después del paseo ya estaba de mi lado, ladraba para llamar su atención. Tío Rubén frunció el ceño al mirar al perro, dobló el periódico, se levantó, pero le cambió la mirada al darse cuenta de que era yo quien pedía respuesta.

—Ese lo trajo tu tío Enrique —respondió.

Se sabía de memoria la fecha y quién les había regalado qué panetón. Tampoco se despeinaba al comentar el año. El panetón más joven había caducado hace dos.

—¿Y el nuestro, tío? —pregunté.

—El que nos regalaron tus padres ya nos lo terminamos ayer —respondió.

—¿Cómo escogen qué panetón van a comer?

—Tu bisabuela me dice, tráeme el que nos regaló fulanito, vamos a comer el que nos trajo zutano; lo huelo, anoto la fecha que lo comimos y guardo la caja doblada en la otra habitación.

El testigo de la escena movía la cola como si esperara que le diéramos algo a cambio. No tuve el coraje de preguntar por qué guardaban panetones.

—Normalmente lo remojamos en el café para comerlo mejor —añadió.

Supuse que la vida intenta indemnizar sus errores de alguna forma y que su sordera se subsanaba, de lejos, con la capacidad para reconocer el olor de cualquier cosa, y con la habilidad que tenía para resolver los desperfectos del hogar sin muchas herramientas. Por eso trabajó tanto tiempo en el servicio de reparaciones de Moraveco hasta que su sordera se lo permitió. Con olfato canino, detectaba si algún tornillo estaba a punto de oxidarse o si el sistema de filtros estaba libre de humedad. En casa, cuando nadie podía solucionar alguna avería de la refrigeradora, invitaban a tío Rubén, que reparaba en unos minutos lo que papá no había podido en meses. Se quedaba el fin de semana a ver televisión, comer con sal y poder llevarse una bolsa repleta con las ediciones dominicales pasadas del periódico para actualizarse de lo que ya había ocurrido.

Sentado en la única silla, cerraba los ojos en el dormitorio de los panetones, cruzaba los brazos, y con cada inspiración tiraba el cuello hacia atrás, para impedir la obstrucción de la lengua al paso del aire puro, saturado de mantequilla, pasas, harina, almíbar, cascara de naranja y almendras. Los sabores, sin prisa, ocupaban los sentidos. El mundo por unos segundos era un dulce. Hasta la lengua se olvidaba de que tenía otro tipo de papilas gustativas. Al espirar, flexionaba la cabeza para que la lengua humedeciera los aromas y pudiera retenerlos en la memoria.

—Hijo, cuando acabes, trae la mermelada —dijo mi bisabuela, en su línea de mando, claro.

«¿La mermelada?», me pregunté. Frascos de mermelada casera de tomate dentro del armario de la habitación de los panetones. Aislados por la tapa de la contaminación olfatoria, daban ese puntito de canela que había echado en falta. Entendí por qué mamá insistía tanto en que llevara sólo tomate y la cara que pusieron la vez que llevé de sorpresa, pimientos y manzanas rojas. Ponía la mesa con la mantequilla, la mermelada de tomate y el panetón. Con el paso de las visitas descubrí que, si alguno de los panetones se había solidificado en la espera, ella los remojaba en huevo batido para hacer las tortillas que, en su boca desdentada y la que tenía por venir tío Rubén, se degustaban en cámara lenta. Tampoco bebía chocolate porque los apuros del intestino la tenían a mal traer con la leche. Vivían en otra realidad. El tiempo, desesperado de tocar la puerta, había decidido irse a predicar a otra parte. Quizá a ella, que estaba por darle la tercera vuelta a las historias que vivió, no le hacía falta llegar a diciembre para celebrar. Una merienda que se adelantaba, porque yo regresaba a casa, a las cuatro de la tarde. En cualquier momento del año, con mi bisabuela y tío Rubén, la merienda del panetón con café.

Petición por los pelos

Pedir algo no ha sido lo mío. Si tenía que hacer una petición por Navidad que no me atrevía a comentar en voz alta, era la de tener pelo. No importaba si brotaban de la nuca o a nivel temporal. Ya me encargaría de abonarlos para hacerlos crecer y desplegarlos cual visillo que se atrinchera en la ventana y se resiste dejar pasar la realidad. Luego, con el peine de mano que llevaba en el bolsillo posterior de los pantalones, una raya milimétrica cubriría el resto del cráneo. Tenía peines de mano planos, rectangulares, de madera, de caucho, de asta, de colores negro, marrón, blanco, rojo y azul que hacían juego con los pantalones.

La última clase que impartí con pelo fue a mediados de los setenta, a punto de cumplir cincuenta años. No la tenía actualizada desde por lo menos diez años, y los de la facultad no se atrevían a echarme porque mantenía una cantidad considerable de estudiantes que elegían esa asignatura libre. Sobre todo, alumnos que no tenían ni idea de su vocación, no apuntaban ni un pepino, pero que se sentaban a admirar al conocido profesor de robusta cabellera perfumada, con bigote sobrepoblado que se reunía con el exceso de pelo que salía de la nariz; que encandilaba con su voz y sus discursos. Quería que los libros cobraran vida con sus voces. Eso no lo iban a conseguir leyendo si no aprendían a hablar en público.

—Señor Samanez. Pase adelante y lea —ordené.

Samanez era de los que más trabajo me dio. Tartamudeaba. Los nervios le taladraban el pavimento de la lengua. La cosa empeoraba cuando las chicas se sentaban en primera fila.

—Por favor, señoritas, siéntense aquí para ayudar al señor Samanez —dije. Ellas accedían entre risitas. Les hacía la venia y volteaba hacia él—. Empiece, Samanez.

Samanez tenía un cabello negro azabache, con pinta de ichu de los Andes, con una rebeldía a la gravedad que intentaba combatir con crema de peinar que le dejaba un aspecto mojado de lejos pero grasoso de cerca. Su cara de buena gente delataba las remotas posibilidades de poder ganarse la vida sin tener que carajear por lo menos una vez. Samanez se quedó sin habla.

—A ver, Samanez. Tome prestado un libro de algún compañero, escoja una página y lea.

De pequeño no tuve problemas con la población de bulbos pilosos que sobresalían del cuero cabelludo y que parecían ser una extensión fértil para cualquier cultivo. Casi, casi el Amazonas. Si mal no recuerdo, fueron las clases con Samanez con las que empezó a picarme la cabeza. En el salón caminaba en círculos mientras me pasaba la mano izquierda por el cabello para disimular la comezón incipiente. «Estoy somatizando una desazón del aprendizaje», pensé. Movía la cabeza de arriba hacia abajo en una aprobación constante cuando en realidad quería sacudirla. Pero eso hubiese sido mortal para Samanez, que me miraba como el redentor de su mala pronunciación.

—Gracias, Samanez. Tome asiento. ¿El siguiente?

Otro estudiante se ponía al frente y la seriedad volvía a dominar la clase. Los alumnos prestaban atención a lo que exponía y al terminar discutíamos.

—Creo que habla comiéndose las últimas silabas —decían los alumnos.

La gente del norte tenía una hemorragia de emoción que los hacía hablar ahorrando palabras. La velocidad del desangrado verbal iba de la mano con una entonación alegre, casi narcisista del mensaje, que tenía por objetivo arrancar una sonrisa antes de haber terminado. De aquella colisión de letras, el oído terminaba con una bolsa para el mareo y la risa era un acto de contagio caritativo. Un sentimiento de placer fraudulento. La ausencia de efecto ocasionaba disturbios mentales en el compatriota norteño. Con sus voces melódicas podían dedicarse a cantar, es más, si mal no recuerdo, gran parte de los cantantes del país provenían de esa zona, pero para hablar en público y mejorar su dicción tenían que renunciar a ese distintivo.

—Vamos, Samanez, recítanos algo —dijo una de las chicas de la primera fila.

Samanez la miró con las orejas inclinadas hacia delante de perro atento al movimiento de su dueño.

—Bueno, Samanez. Vamos a ayudarle. Necesito que el resto de la clase colabore. Desde el último de la fila hasta el primero se pondrá de pie, pronunciará su nombre con voz firme. No griten. Solo háganlo sin titubear —dije.

Uno a uno los alumnos se pusieron de pie. Impostando, con entonaciones agudas, graves los serios, deletreando y con voz grave los que se querían hacer interesantes, alternando nombre grave con apellido agudo los que imitaban a los anteriores, pero no sabían dosificar el aire. Les impedía continuar cuando un remolino de aire a modo de gallo les afeaba la voz.

Tampoco me fue sencillo hablar en público. Mi padre hubiese dado cualquier cosa por cambiar el traje de trabajo por el uniforme militar. Pasó los exámenes teóricos pero una miopía magna le impidió aprobar los físicos. Esa frustración hizo que implantase un ambiente militar en casa. Las conversaciones se limitaban a hacer lo que él ordenaba. No aceptábamos con gusto, si no con temor al ogro en el que se transformaba cuando alguien pensaba diferente en casa. Si mal no recuerdo, tartamudeé hasta que me cambió la voz. Aunque eso a él no le preocupaba porque era feliz escuchando un sí como respuesta universal. Mi madre, hecha con la madera del sentido común, me llevó al pediatra.

—Yo no escucho tartamudear a su hijo, señora —dijo el médico.

—Es que le pasa con su padre —respondió.

El médico me auscultó, examinó la garganta por fuera y por dentro mientras pensaba qué responder. Se acomodó la bata y se sentó a escribir en una receta.

—Tenga —dijo y extendió el papel hacia ella.

—¿Es algún jarabe caro? —preguntó sin mirar la prescripción.

—No hace falta medicación —respondió.

«Su hijo dejara de tartamudear cuando deje de tener miedo a su padre», rezaba la nota.

En casa, nuestra hermana menor podía mantener el cabello largo. El resto de hermanos pasábamos dos o tres veces al mes por la peluquería de un ex soldado ni bien el jefe de la familia consideraba que el cráneo, con su superficie de cactus, ponía en riesgo su disciplina castrense. El peluquero tenía una buena relación con mi padre porque ambos pertenecían a la generación de fracasados por no ser militares. Pero su baja se debió a una tendencia sexual correspondida por un alto mando que prefirió dejarlo cortando pelo en el cuartel antes que alejarlo y antes de que cante, obviamente. Las bolas de billar nos decían el resto de primos mientras el frustrado militar miraba orgulloso su patrimonio. El primer año de la universidad los compañeros pensaron que era parte de una secta extremista de cabezas rapadas. Mi padre nos dejaba dinero para que vayamos al peluquero, pero yo compré máquinas de afeitar para gastarme ese dinero en las primeras incursiones alcohólicas. Por eso mantuve el estilo hasta que comencé a hacer prácticas.

—Una cosa, ¿ese calvo con cara de bebé que ha venido? —preguntó uno de los jefes de redacción.

—Es un practicante nuevo —le respondieron.

—Me hace la revisión completa de la edición de mañana el que le haya robado el cabello. Ese cojudo no sabe que en la selva hasta los otorongos disimulan tener melena, añadió. Que vaya a mi despacho —ordenó.

Las persianas de color oscuro lucían forzadas a punta de entreabrirlas para husmear. Lleno de libros de tapa dura, el estante estaba apoyado sobre una ventana que conectaba con el pasillo para dar un poco de privacidad. Una pared llena de titulares enmarcados y sobre el desorden del escritorio reinaba una Underwood número cinco que hacía temblar la humeante taza de café apoyada sobre el periódico de la competencia.

—Cierre la puerta —dijo sin mirarme. Por detrás, la puerta era una pizarra llena de notas y papeles pegados con cinta Scotch—. Tengo la excusa perfecta para mantener la puerta así, ¿no? Siéntese —añadió.

—Mira, sobrino. He visto que tienes buenas notas de la universidad, traes buenas recomendaciones de tus profesores —dijo después de dar un sorbo—. Pero ese aprendizaje es de tribuna. Esta es la cancha. Esta es la verdad. —Tecleó la misma tecla sobre el papel y pensé que la Underwood era tartamuda—. Aquí tienes que demostrar dónde estás más cómodo. —Bebió otro sorbo—. ¿No tienes nada que decir, sobrino?

—Gracias por sus consejos, maestro —dije. En la universidad nos recomendaron que a los que estaban en la cancha, los que sudaban la camiseta de verdad, los que no se quedaban en lo teórico, no les gustaba que les tratemos de señores sino de maestros.

—Mira, sobrino, gracias hacen los monos. Aquí se dice muy agradecido.

—Muy agradecido, maestro —Por breves segundos me hizo recordar al militar frustrado que tenía en casa. «Espero que este cojudo deje de dar órdenes y me enseñe algo de una vez», pensé.

—Quiero que escriba una nota sobre la navidad —repitió un sorbo y se puso a escribir siete u ocho líneas—. No te me quedes así, con esa cara de examen sorpresa en primer día de clase.

—¿Cómo lo haré, maestro? —pregunté.

—Salga a la calle, pregunte, mire, beba y luego escriba lo que ha visto, olido, escuchado, bebido y palpado. Cuando regrese, ordénelo en una hoja con la máquina que tenemos para los practicantes. Tienes una semana, sobrino.

Me puse de pie y, antes de volver a poner la silla en su lugar, añadió:

—Ah, una cosa sobrino. No se puede ir sin personalidad por la vida. Está bien si te quedas calvo por la edad o por alguna enfermedad, pero, aunque sea para dar miedo, hay que llevar cabello. De acuerdo a cómo te quede, te delegaré a una sección. Los feos van a la de deportes.

Cerré la puerta convencido de que otra persona asomaba en mí.

En las clases siguientes, ni Samanez ni el prurito en el cuero cabelludo mostraron mejoría. A pesar de que había dejado de enseñar en primaria pensé que tenía piojos. Tampoco consideré que los perros chuscos, de dudosa raza, que tenían los vecinos podían tener pulgas capaces de saltar del rellano para infectar la mitra. Con la mata de pelo que tenía no se hubieran atrevido a entrar por temor a extraviarse.

—Profesor, habíamos pensado hacer algo con Samanez para que pueda vencer ese miedo a hablar en público —dijo uno de los compañeros de su clase. El objetivo de que Samanez pudiese hablar en público pasó a ser un asunto de preocupación nacional.

—Dígame la idea —respondí.

—Podríamos hacerlo hablar con los ojos vendados.

Ahora, después de aprender a hablar les voy a tener que enseñar a pensar, me dije. Pero me pareció una buena opción.

—Ingenioso, le felicito. Lo haremos la próxima clase.

Las semanas siguientes, la comezón me obligó visitar al médico.

—Tiene un eritema en el cuero cabelludo ocasionado por algún agente irritante. Cambie de champú por uno de bebé durante dos semanas y tómese esto.

La receta, ilegible para el ojo del vulgo, me prescribía un antihistamínico según la traductora oficial de médicos, la farmacéutica. Los primeros días pude dormir sin problema. De rato en rato los pinchazos abrían brechas de vigilia que no me llegaban a despertar. Pensé que por fin ir al médico servía para algo, pero luego de cinco días el escozor revivió como una olla a presión que estaba a punto de explotarme. Recordé que el calor se combate con frío y metí de lleno la cabeza en la ducha helada que, en un santiamén, hizo desaparecer aquel síntoma. Pensé en las duchas frías a las que aspiraba mi padre si hubiese accedido a aquella formación militar, a las cinco de la mañana, con las extremidades entumecidas por la postura mientras el sonido de la trompeta los obliga a dar un salto, a tender la cama a tiempo por el temor de que venga el cabo y los castigue, estar firme para coger la toalla y meterse a la ducha que más allá de despertarlos, los hacía arrepentirse de no haber estudiado lo suficiente.

Cuando le expliqué a Samanez la nueva técnica que emplearíamos para ayudarle a hablar en público, se limitó a asentir. «Ojalá después de hablar aprenda a dejar de ser el huevonazo que es ahora», me dije.

La mayoría de los alumnos habían pasado la fase de hablar en público, y dedicábamos más tiempo a perfeccionar los desplazamientos, la posición de las manos y aprender a neutralizar los gestos en el rostro. Aun así, el reto del grupo era ayudar a Samanez. Para que la experiencia fuese menos traumática y para evitar un accidente, lo sentamos en el estrado con los ojos vendados. Sin tener los pies y manos atadas parecía un rapto voluntario.

—Señor Samanez. Vamos a empezar a hacerle preguntas sencillas para que pierda el miedo a hablar —dije.

Samanez comenzó a responder sin problema los datos de su documento de identidad, nombre completo, fecha y lugar de nacimiento, nombre de los padres; luego los lugares de la ciudad que le gustaban y los del país que había conocido. Se le vio sereno, fluido, hasta que una de las chicas de la primera fila preguntó:

—Con esa sonrisa tan bonita, ¿tiene novia Samanez?

Salí del edificio con la certeza de dejarme crecer el cabello y con la incertidumbre de páginas vacías en las que se volcaba mi mente con el tema de Navidad encomendado. Faltaban dos meses, pero la redacción cerraba artículos de ese tipo mucho antes para saber, según la diagramación, del espacio que se disponía para vendérselo a los anunciantes. ¡De dónde carajo iba a sacar información para un tema que ni siquiera se respiraba en las calles! ¡Me está tomando el pelo este huevón! El pelo que no tengo, por cierto, me dije, y me eché a reír. Deambulé por los cafés, pregunté a los camareros, me acerqué a otros clientes.

—Buenos días, mire, estoy haciendo una crónica sobre la Navidad y me gustaría saber qué piensa.

—¿Una crónica sobre la Navidad a finales de septiembre? —respondían.

Ante tan poca aceptación, abrí el cuaderno en blanco y puse un plan de cómo llevar a cabo la recolección de información, hacer la criba y lluvia de ideas sobre los puntos a tratar. El tema era amplio. Luego de andar buscando en bares, mercados, calles, zonas del hampa, asilos de ancianos y burdeles entendí que era una celebración en la que la gente quería estar acompañada, detestaban la soledad. Después de la primera semana de haber recolectado información, releí los apuntes y me puse a escribir. La máquina de escribir de los practicantes era una Olivetti Lettera 22 portátil. La presumida, la llamaban los de la redacción, porque ganó el premio a mejor producto de diseño en 1959. El jefe me volvió a llamar.

—¿Qué tal le va con la crónica? —preguntó.

—Voy poco a poco, maestro. Ya tengo el tema principal.

—El tema principal, que yo sepa, ya se lo di —respondió mientras miraba la puerta donde una nota de papel colgada sobresalía de las otras por estar escrita en rojo «Navidad. Sobrino. ¿Podrá?»—. Si no se siente capaz me lo dice, pero no vaya a cambiar el tema.

—Creo que puedo hacerlo, maestro.

—¿Creer? Mira, sobrino, redactar algo no se basa en actos de fe. Se basa en la convicción de saber que se puede escribir algo que no te gusta, que puede ser bueno y no te lo van a publicar o que puede ser malo, pero lo sabes vender y se pone. Para eso estás haciendo prácticas aquí. Esta es la realidad en la cancha. Ah, claro lo olvidaba, los teóricos de la universidad nunca han pisado una.

—Sé que puedo hacerlo. Muy agradecido, maestro —respondí.

—¿Cómo te va con la presumida? Es un guante para escribir, pero yo necesito escuchar el martilleo de la mía.

La clase se mató de risa, Samanez se puso colorado, respiró y respondió.

—La última vez que me enamoré, ella se murió —respondió. La clase se calló.

—Lo siento —dijo ella.

—Gracias, señor Samanez —dije impaciente por el prurito—. Continuaremos con esta fórmula la semana que viene. Le agradeceré que nos cuente algo que no dure más de cinco minutos.

Las duchas heladas del pelo eran un alivio pasajero que repetía cuatro o seis veces al día. En una reunión familiar nos enteramos que la prima de mi mujer era una dermatóloga especialista en cabello. He de reconocer que sus familiares no me caían bien. Una burguesía que vivía de espaldas a la sociedad y de la que no me interesaba sacar provecho. Las reuniones me servían para enterarme de los chismes de la oligarquía del país y para renovar la convicción de saber que podía actuar con ellos, así como lo hacía en las crónicas que redactaba.

—¿Por qué no la vas a ver? —dijo mi mujer un mes y medio después del suplicio.

—Lo que tienes son signos de caída de cabello —determinó la prima.

—¿Qué? Con toda esta mata, ¿me dices que son signos de caída de pelo?

—El picor va a mejorar y pronto empezará a resecarse el pelo y te saldrán una especie de costras que simulan caspa, pero que a diferencia de la caspa, no se caen, sino que son pedazos de piel de cuero cabelludo.

La consulta me pareció una revancha de la familia.

La evolución de Samanez fue admirable y en menos de siete clases se quitó el vendaje, habló frente a sus compañeros y esa seguridad en sí mismo se transmitió hasta en su cabello que, dejó de ser un hirsuto vello púbico para convertirse en dócil sin necesidad de pelear con las leyes de Newton. Al mismo tiempo yo probaba con mascarillas de palta, de quinua, de maracuyá con beterraga y masajes específicos para bulbo piloso deprimido. Un masaje invernal, que era cuando el pelo estaba más frágil.

La presumida hubiese sido la amante ideal, sigilosa, replicaba con paciencia los errores, la podía llevar a todos lados para poder disfrutar de nuestro tiempo libre y el timbre avisaba que me estaba pasando de la raya con su elasticidad mientras la producción de párrafos la llevaba al límite.

—Buenos días, aquí tiene —le dije al jefe de redacción mientras le entregaba las diez hojas sobre el tema.

—Ahora no tengo tiempo de leerlo, así que léalo mientras bebo café —respondió. Se dio vuelta y echó dos cucharadas de azúcar.

Al terminar de leer el jefe me felicitó.

—¡Pero usted dónde tiene que estar es en la radio! —dijo mientras me daba palmadas en la espalda—. Ahí si no se preocupe por dejarse crecer el cabello.

Cuando Samanez perdió el miedo escénico la previsión meteorológica del cráneo decía que las sensaciones térmicas serían extremas por culpa del archipiélago de pelo. Acudí a la sociedad anónima de calvos a informarme, pero no me dejaron entrar a las sesiones grupales porque según la recepcionista era una afrenta para aquellos que, «a diferencia de usted, tienen un problema palpable, o, mejor dicho, impalpable».

—Disculpe, maestro, ¿qué le ha parecido lo que he escrito? —dije contrariado.

—Eso es lo de menos, sobrino. Ahora sé que puede escribir lo que sea, pero sobre todo narrarlo.

El artículo sobre la Navidad no fue publicado. Lo encontré hace unos minutos mientras buscaba alguna solución para recuperar el cabello acompañado de la radio. La señal se perdió y mover la rueda del dial era una lucha entre el pulso y las intenciones por sintonizar alguna cadena. Los programas de fin de año se dedicaban a resumir las noticias que causaron revuelo. El presentador principal tenía un tic en la voz al iniciar las frases, una cojera voluntaria para tomar impulso y luego tener una voz fluida. Era Samanez. Un obsequio inesperado. Pedir algo no ha sido lo mío, pero me quedo tranquilo con la soledad de una calvicie a cambio de una voz.

Con el cuarteto de Pablo

A Pablo le pasaba algo. Le veía hacer muchas pausas durante el trabajo. El hambre era un boomerang que, desde las papilas gustativas, describía una parábola que se lanzaba al estómago, encogía la mitad de su cuerpo y lo dejaba enderezarse al no encontrar el objetivo.

—Espérate, te ayudo y vamos a comer —le dije.

Dejamos los baldes debajo del árbol que nos protegía del calor.

—Ahora vengo —añadí, mientras él se sentaba.

Desde las últimas dos semanas de noviembre la gente quería tener el auto brillante. No les importaba cómo. Si les salía barato, mejor. El fulgor solar recorría la ciudad como un aviso de la llegada del buen tiempo, y funcionaba como una chispa eléctrica que encendía las ganas de los conductores por ver un resplandor similar en el aluminio y el acero. Nosotros no teníamos cera para carros. Rellenábamos el envase que nos regalaron en un taller de mecánica con cera al agua para suelo, incolora, olor limón marca Emperatriz. Si nos quedaba la mitad, la rellenábamos con cera en pasta de las mismas características y agitábamos el envase. Lo agitábamos al ritmo del Imbatible, Cuarteto Continental. Un conjunto que tocaba cumbias pegaditas para poner de buen humor a la ciudad, perennizar esa aureola de fiesta irresistible y aumentar la locura de las caseteras que chasqueaban las cintas entre sus fauces de modo febril.

Los que no sabemos cantar, para camuflar la desafinación, conocemos de sobra que nuestra misión es unirnos en los coros. El apoyo moral, aunque sea acústico, no está de más. «Momposina ven a mi ladito, momposina ven para quererte, momposina lindo lucerito, momposina yo quiero tenerte». A pesar de que nunca supimos de donde era, Momposina quizá venía de un pueblo costero, en el que las mujeres adornaban los sombreros de paja con pompones de colores. Paseaban en grupo por el puerto en su camino a la playa y, desde el cielo, un dron con la tripulación de hormigas confundía con un arco iris. Me la imaginé con los ojos regordetes, por los que se podía ver el horizonte del mar, y que sin mediar palabra se acercaba dando vueltas para sacarnos a bailar. La llegamos a querer con locura.

—Señor, me puede regalar un caramelo, ¿por favor? —pregunté a un vendedor ambulante que esperaba el autobús.

—Hija, ¿dónde están tus padres?, la vida no le regala nada a nadie —respondió.

—Lo sé, señor. Nosotros limpiamos carros, pero recién hemos empezado a trabajar. Le juro que si vuelve por la tarde le puedo pagar. Estaremos aquí o debajo de aquel árbol donde ve a mi hermano.

Sin decir más, zambulló la mano en la bolsa y dejó un par sobre la mía.

—Gracias —dije.

Sentados con un trapo en el hombro, éramos dos solitarias manchas de mugre que, cegadas por la inmensidad de la sombra, sufrían de despersonalización. Pablo comió el caramelo de limón. La calle empezaba a ser decorada para el desfile del fin de semana.

—Celia, ese ruido, ¿de qué es? —preguntó.

—Mañana empieza la semana de desfiles y están decorando las calles —respondí.

—Y nosotros, ¿por qué no hemos venido los años anteriores?

—No es un buen día para trabajar, utilizan los estacionamientos para poner juegos para niños.

—Pero, ¿nosotros no somos niños?

—No. Los niños van de la mano con sus padres y nosotros no. Nosotros ya somos adultos.

—Pero podemos venir mañana, ¿no?

—Tenemos que salir tempranito para tener sitio.

Se puso de pie. Los lanzamientos del boomerang le habían dejado el cuerpo en forma de acordeón, mal plegado de aprendiz. Éramos los dos únicos trabajadores en las calles aledañas al centro comercial.

—¡Maestro, le lavamos el carro y le pasamos cera por cinco soles! —ofrecía Pablo.

—Más te vale que no le dejes un arañazo si no te busco —respondió uno.

—Sin amenazas, maestro. No se preocupe, vaya nomás, gracias.

Evitábamos clientes conflictivos y nos alejábamos cuando se las querían dar de finos.

—Lo siento, calichín. Límpialo nomás.

Después de la aclaración, nos poníamos manos a la obra con el riguroso orden de un método científico adaptado para la supervivencia. Dábamos una primera pasada con un trapo seco que quitaba el polvo. En un balde con agua y detergente lavavajillas que nos granjeábamos por las noches de vuelta a casa en los restaurantes, remojábamos otro para limpiar las lunas, los espejos, las partes de plástico y las puertas. El tercer trapo era para el encerado. Con la cera autobrillante el vehículo parecía un zapato de charol, listo para la reunión de gala, a la espera del esmoquin. El agua sucia no se tiraba. La juntábamos en otro balde que, con un chorro de vinagre y gotas de sudor, dejaba los neumáticos nuevecitos. Pablo hizo una pausa, dejó de cantar para avisarme que ya había terminado.

—Ahora el que está a la derecha y luego el que está detrás —le dije.

Se orientaba con los carros que había limpiado. La glucosa había cumplido su cometido.

—Toma —le di el segundo caramelo que guardé para cuando podíamos descansar.

—Pensé que habías comprado uno.

—Compré uno, pero me dio dos.

El dueño de uno de los carros nos hizo una señal.

—Calichín ¡qué buen trabajo! Lo has dejado impecable.

Al caer la tarde el resto de chicos que regresaban de los distritos cercanos se reunían en el parque que estaba frente al centro comercial. La gente se alejaba de ellos por sus malas pintas. Cansados de robar, se tumbaban en uno de los árboles de la parte central. A grandes soplos, inyectaban en los pulmones un pegamento de uso industrial que les vendían en bolsas transparentes en las ferreterías. El terokal les quitaba la agresividad por el hambre. Fantaseaban con un mundo mejor, en el que cada uno podía tener su propia bolsa aspirable de sueños. Rendidos ante la digestión del aire, dormían debajo del árbol. Los conocimos y, durante unos meses, robamos con ellos, pero no quise que Pablo comenzara a inhalar terokal, así que pregunté por la calle a quien podía ayudar para poder comer. El maestro del taller nos dijo que un señor de edad avanzada limpiaba carros y seguro necesitaba ayuda.

—No hay que inhalar tanto, que vamos a quedar como Pablo —dijo una vez uno de ellos en medio de la carcajada del grupo. Le reventé la cara. Dejamos de hacer negocios.

Pablo, de pequeño, se tropezaba con todo y lloraba. No podía despegarse de mí porque tenía miedo de hacerse daño. Al igual que las muñecas, tenía ojos que le servían de decoración. No quería llevar bastón ni cogerse del brazo. Nos movíamos de la mano camino a casa. Una choza debajo del rio hablador, sembrada de esteras, en la que dormíamos bien.

Don Pedro, el abuelo que limpiaba carros, me puso a prueba.

—¿Celia, ese calichín que está sentado es tu hermano? —preguntó don Pedro.

—Sí, don Pedro, pero no puede ver —respondí.

—Sí, ya me he dado cuenta, pero no se puede pasar toda la vida ahí sentado.

Se acercó a Pablo, no sé qué le dijo y le enseñó a lavar carros. Unos meses después ya éramos los herederos.

Cuando querían pagar y le extendían la mano, yo corría a recibir el dinero.

—¡Qué maleducado! —solían decirle a Pablo.

—No puedo ver, lo siento —respondía.

La gente, avergonzada, nos pagaba el doble o nos traía algo de comer. A pesar de eso, Pablo no quería aprovecharse de su condición y ser el que cobrase para dar pena. Quería ser uno más.

—Si pudiera trabajar de algo sería cantante del Imbatible —decía.

—Yo te podría hacer los coros —respondía.

Durante más de media hora, un electricista suspendido con correas en la parte alta de una red de luces discutía con otro que, desde abajo, le indicaba a la desesperada cómo debía colocarlas.

—Hay uno que está por ahí gritando que no puede colocar bien las luces —dijo Pablo.

—Sí, es un poco torpe —respondí.

—Y eso que puede ver.

Los pocos conductores que nos conocían nos dejaban las llaves para limpiar por dentro. Eso eran cinco soles más, pero solían darnos quince o diez con una botella de agua. Nuestro cliente habitual era un abuelo calvo con cuerpo de joven que conducía un Volkswagen escarabajo descapotable con el parachoques de acero inoxidable pulido, cual sonrisa de presentador de televisión. Una competencia desleal a la cera Emperatriz. Llegaba temprano, lo dejaba en paralelo y nos daba las llaves.

—Dejo la música puesta, muchachos —decía el abuelo.

Las puertas abiertas permitían inundar de sonido nuestra zona de trabajo. Era el único carro que limpiábamos los dos. Sobre todo, porque tenía los casetes del Imbatible, Cuarteto Continental. Pablo se sentó en el asiento del conductor.

—Creo que podríamos cambiar la letra de Momposina para no copiar al Imbatible —dijo.

—¿Ah, si?, ¿a ver?, suéltala —respondí.

—«Momposina trae tu carrito, momposina te abrazare fuerte, momposina báilame un poquito, momposina tú me darás suerte» —cantaba mientras hacía girar el timón.

Nos quedamos repitiendo el coro entre risas.

—¿Quieres que te dé un paseo? —preguntó el abuelo que nos agarró in fraganti.

Nos quedamos sin reacción. Yo intenté disculparme, pero el abuelo se lo llevó a dar unas vueltas.

—Te gustan los carros, ¿no, Pablo? —preguntó el abuelo.

—Sí —respondió.

—Pues este es un carro alemán posterior a la segunda guerra mundial que tuve la suerte de comprar. Sé que no puedes manejar, pero la próxima vez voy a traer un Fiat 1500 lungo para que notes la diferencia del timón.

Pablo no hizo ni una mueca.

—Me gusta más el Imbatible, Cuarteto Continental —dijo Pablo.

—Sí, hasta en la radio los han escuchado cambiar el coro —respondió el abuelo con un esbozo de sonrisa. —¿Y qué es lo que más te gusta del Imbatible?

—Las letras.

—¿Te gustaría conocerlos?

Pablo encogió los hombros.

—No sé —respondió.

Luego de un cuarto de hora lo dejó de vuelta.

—¿Qué tal? —le pregunté.

—¡Bravazo! Con las puertas cerradas la música se escucha mucho mejor.

Los clientes se multiplicaron.

—Muchachos, laven el carro, pero vean que pueden hacer con el parachoques —dijo uno que dejaba un carro con el parachoques de plástico desgastado.

—¿De qué color es? —preguntó Pablo.

—Negro —respondí.

Probé con cera, pero las grietas se veían luminosas y llamaban la atención.

—¿No queda bien, Celia?

—No, brilla demasiado —respondí luego de refunfuñar.

—Tendríamos que usar una pintura que no brille.

—Sí, claro. ¡Qué fácil suena! —añadí.

El abuelo nos hizo señas desde su Fiat 1500 lungo.

—¡Que tal muchachos!, ¿cómo están? —preguntó.

—Buenos días, señor —respondimos.

—No me digan señor, llámenme Edson —dijo. Notó que no cantábamos—. ¿Tienen algún problema?

—Un parachoques que brilla —dijo Pablo.

—No entiendo.

—Hemos lavado el carro, pero el parachoques queda demasiado brillante —añadí.

—Déjame ver.

Miró la parte frontal, sonrió.

—Prueba con betún negro, déjalo secar, pero no lo vayas a lustrar. Ya pueden volver a cantar. —Antes de seguir su camino, preguntó—: ¿Mañana vendrán a ver el espectáculo?

Fue la primera vez que escuché la palabra es-pec-tá-culo y, como contenía el término culo al final pensé que era una grosería. No respondí.

—¿Qué es un es-pec-tá-culo? —preguntó Pablo.

«Es una pena», pensé. «Mi hermano ha perdido la educación».

—Es una actividad que se organiza para divertir a la gente. Si vienen, espérenme donde dejo el carro. Mañana no dejarán estacionarse en la calle, pero estaré pendiente de ustedes.

«Es increíble», pensé. «Mi hermano no ha perdido la curiosidad por aprender».

El día del desfile salimos de casa a las siete de la mañana. Llegaríamos a tiempo porque comenzaba a golpe de cuatro de la tarde. Pablo estaba contento.

—Celia, ¿qué hacen en el desfile? —preguntó.

—Bueno, hermano, pasan muchos carros con gente disfrazada, hay música, globos y caramelos.

—¿Hay niños?

—Sí, claro que sí. Vas a escucharlos gritar, no te preocupes.

Una madre nos escuchó hablar.

—Muchachos, esto no es un desfile, es el corso de diciembre.

—Este es-pec-tá-culo debe ser bravazo porque todos quieren ponerle un nombre —dijo Pablo.

La gente se aglomeraba en torno al escenario que teníamos a una cuadra.

—Mejor quedémonos aquí —dije.

—¿Crees que se va a acordar de nosotros? —preguntó Pablo.

—No lo sé. No perdemos nada esperando.

Grupos de animadores infantiles hacían subir al estrado a los asistentes.

—Están cantando ¿no? —preguntó Pablo.

—Sí, los invitan a subir para hacerlos cantar y bailar. Luego les regalan caramelos.

—¿Estamos lejos?

—No tanto, pero podemos acercarnos si quieres.

—No, estamos bien aquí.

El griterío asemejaba un enjambre que huye desesperado por haber perdido a la abeja reina. Conforme pasaba la tarde tuvimos que ponernos de pie porque la gente comenzaba a abarrotar las calles. Empecé a impacientarme.

—Disculpe, caballero, ¿quién va a tocar por la noche? —fue la pregunta que le hice a la gente que nos rodeaba. Nos barrían con la mirada y nos ignoraban. Pablo se sentó, se quedó dormido apoyando la cabeza en mis piernas.

—Nos vamos, Pablo, ya es tarde y tenemos que comer —dije.

—Sí, vámonos.

—Cantaremos todas las letras del Imbatible en el camino de regreso. ¿Qué te parece?

—¡Bravazo!

Nos limpiamos el polvo sobre la ropa salpicada de mugre y dimos media vuelta.

—¡Hey, Pablo! ¡Celia! ¡A donde van! —gritó Edson—. No se pueden ir. Tienen que acompañarme. Vamos a coger el Fiat, les muestro algo y luego regresamos, que hoy se van a divertir.

—Ahí tienen una bolsa. Celia, cógela y pónganse esa ropa. La que tienen puesta úsenla para trabajar.

Nos regaló un par de polos azules con el logotipo de Infopesa (Industria fonográfica peruana).

—Esto huele raro, ¿no, Celia? —dijo Pablo.

—Es el olor de ropa nueva, hermano —respondí mientras miraba por el retrovisor la cara de Edson, que me guiñaba el ojo.

—Son unos polos del lugar donde trabajo. Ahora los voy a llevar a ver una cosa. Luego de unas vueltas entramos al estacionamiento.

—Espérenme aquí.

Nos sentamos en unos sillones de piel brillante en los que el cuerpo se hundía y nos dejaba la sensación de flotar.

—Pablo, creo que aquí han usado cera Emperatriz para los sillones —comenté.

Un sinfín de fotografías de grupos musicales en los que aparecía Edson decoraban la recepción.

—Celia, Pablo, pasen y guarden silencio, por favor —dijo Edson.

Entramos a una sala semioscura donde una persona inclinada sobre un gigantesco tablero lleno de botones rectangulares los desordenaba de manera intencionada en diferentes direcciones sobre un sinfín de carriles. Según ello, las lucecitas del extremo de cada carril cambiaban de color rojo a verde. Una mampara de vidrio separaba la sala de otra contigua donde varias personas con auriculares de diadema cogían sus instrumentos musicales conectados por cables a un punto de entrada común. Edson nos puso los nuestros y el del tablero luego de volver a dejar en desorden los botones hizo una señal de cuenta regresiva con los dedos para avisar a los que estaban detrás del cristal.

—¡Y esto es para ti, costeñita, costeñita bonita! —comenzó a cantar. No podía ser cierto. Eran ellos. Pablo se quedó hipnotizado y con aquella mirada fija me pareció que esta vez los podía ver mientras seguía el ritmo con la cabeza.

—Y ahora sí, nos vamos a gozar y a vacilar con el Imbatible, cuarteto continental. —Después de esa frase no quedaban dudas. Eran ellos.

Edson era un productor musical que nos llevó a ver la grabación del próximo disco del grupo. Nos pudimos acercar para tomarnos una foto al final de las casi seis horas de grabación, luego de sanguches y bebidas que repetíamos entre descansos del Imbatible. Después de esa tarde de corso de diciembre, es-pec-tá-culo, desfile o lo que sea, seguíamos siendo los que limpiábamos carros en la calle, las mismas manchas alegres de mugre que jugaban a ser cantantes y que perdían su identidad debajo de las sombras. Con el Imbatible y Momposina bajo el brazo, como siempre.

Villancicos asesinos

A Pau y Raquel, por responsabilidad exclusiva de Lluna

Yo era padre primerizo. No tenía indicios de dejar de serlo, de aflojar los músculos del afecto, darle rienda a lo que tenía dentro y compartirlo con esa personita que me miraba como si fuera el eje de su vida. Tenía paciencia, eso sí, conmigo. El género opuesto, representado oficialmente en casa por Raquel, mi mujer, con sus siglos de evolución de ventaja se desenvolvía como si hubiera sido madre en su vida pasada. Cambiaba pañales a la primera, acertaba con la temperatura del biberón, entendía lo que significaba cada llanto y le hablaba mirándole a la cara sin distorsionar su voz. Sin ese balbuceo infantil, un ridículo socialmente aceptado, con el que un familiar, amigo o conocido, chapotea el idioma y pretende ponerse a la altura de la inmadurez de habla del interlocutor.

No sé si lloran porque no saben hablar. El gruñido es un recurso que quizá desconocen. En eso los perros llevan la delantera. No avisan que van a morder. Se sirven un mordisco de piel sin titubear. Los bebés, en cambio, lloran a cada rato. Pasan de brazos a regazos y más por cansancio que por alguna mano mágica, se quedan dormidos. Tengo instinto paternal desde los 25 años, dijo uno de los novios de una de las amigas de Raquel al que le quise romper la cara cuando consiguió hacerla dormir. Un estado de pausa que Lluna no encontraba conmigo. Le tenía miedo, la cogía como si fuera una olla caliente de pasta con la que me podía quemar. Cuando el silencio fijaba su mirada entre nosotros el sonajero rescataba aquellos impases con la primogénita. Los pañales al revés o el agua fría le hacían llorar.

A ser padre se aprende en el camino, escuché. «¡Qué carajo, estos nunca han tenido hijos!», pensé.

Lluna nació en noviembre. Los regalos por el primer mes se sumaron a los de fin de año, y muchos aún conservaban su envoltura. Su habitación parecía una tienda de juguetes en plena liquidación. Debajo del libro Cómo ser buen padre, había un CD. Una prima, la psicóloga de la familia, nos regaló música. No tenía idea de que esa música pudiera llegar a alguna parte del cerebro de Lluna, pero la puse antes de volver a cargarla.

—No tengas miedo, es tu hija —decía Raquel.

Uno de los pocos respiros que permite la convivencia con un bebé es que las expresiones faciales sirven como relámpagos de advertencia ante la llegada del llanto. La descarga de lágrimas se retrasa: quizá por miedo demoran en salir del túnel. Una de las pocas ocasiones en las que un concepto de física te ayuda a comprender algo rutinario. Ella contorsionó la frente, los cachetes y fui detrás de un babero porque pensé que era una arcada, pero ni bien la música entró en escena, el trueno guardó silencio. Se calló, me miró, sonrió y la alegría hubiese sido completa de no haber sido porque los que cantaban eran Los Toribianitos. Ese día, Raquel se había ido de fin de semana con sus amigas. Sí, las de la universidad, esas que van despreocupadas por la vida sin tener descendencia.

—No te angusties, mujer. Ya me las arreglaré para convencerla de que el desastre de adulto que tiene al frente es su padre —dije.

Apagué el equipo de sonido. «Qué música más espantosa», pensé.

Uno puede hacer lo que le da la gana en su vida, ignorarse a sí mismo en el sofá durante horas, combinar televisión con ratos de siesta, mirar con intención de leer los libros que están para decorar el salón, decidir el momento en el que el día comienza, alimentarse a base de jugos de fruta y galletas de soda. Pero eso pasa hasta que tienes un hijo. La niña chilló de nuevo. Utilicé los pasos del capítulo de Tips en momentos de estrés del libro Cómo ser buen padre. Ni el aire fresco, ni dejarle el dedo para succionar, ni ponerla en movimiento, ni darle masajes suaves, ni caminar golpeando los talones al ritmo cardiaco resultaron.

—Te dejo esta camiseta por si Lluna la necesita —dijo Raquel antes de irse.

La puse en la ropa sucia ni bien se fue, la saqué de ahí y la cubrí con eso. El efecto duró los segundos que pude dar un repaso al capítulo por si alguna cosa se me escapaba. El capítulo terminaba con un Cuídate tú misma como consejo final. Vamos, que mandes a la mierda al bebé, que de llorar no se va a morir. Desesperado puse de nuevo la música. «Esto no puede ser cierto», me dije.

Como científico que necesita comprobar para creer, puse a prueba a Lluna con aquella música de fondo. Ni se inmutó cuando volví a equivocarme con los pañales o a poner, a propósito, agua fría en el biberón. Eran ellos otra vez.

A fines de noviembre, en un periodo en el que no tienes ni voz ni voto en casa, mamá llegó con un casete que envió su prima hermana desde Lima.

—Mira, hijo. Son de tu edad, vamos a escucharlos —dijo.

La perdoné por primera vez.

—No te gusta, ¿no? —añadió.

No respondí.

—Bueno, lo importante es que son niños y que le gustan a tu madre. Además, lo hacen por una buena causa. Un cura de Lima tiene un colegio en una zona peligrosa y para alejarlos de los riesgos ha formado un coro. Ellos no tienen la suerte que tú tienes de vivir en un país tranquilo.

Cualquier buena intención de mamá servía de poco ante esas voces con las que, desquiciados, el yunque y el martillo del oído se daban cabezazos contra el cráneo. Pero la cosa no quedó ahí. La prima hermana, empeñada en que teníamos que conocer de dónde venían las raíces maternas, decidió invitarnos a pasar las fiestas navideñas al siguiente año. Papá, un amante de la comida exótica, no había viajado al Perú y aceptó feliz de la vida la invitación.

—¿Mamá, ese casete se escucha todo el mes? —pregunté.

—Claro que sí, hijo. Y el año que viene iremos con tu primo al concierto que darán en un teatro de Lima.

Al primo Julio lo conocía por fotos, por videollamadas, bromeábamos sobre las jergas de cada lado del charco.

—¿Cómo reconoces a un español perdido el Lima, primo? —preguntó.

—No lo sé, Julio —respondí.

—Pregúntale la hora. ¿Qué hora es, primo?

—Las nueve menos cuarto.

—Ya está. Ya caíste. Aquí son las ocho y cuarenta y cinco.

Tenemos al Ronaldinho peruano, decía Julio, para dar a entender que un jugador bueno de allá aguantaría un mes con toda la presión mediática por un buen partido. Al marcar día tras día en cuenta regresiva en el almanaque, comprendí que tenía ganas de verlo.

—¿Pero no has escuchado a Los niños cantores de Viena? —preguntó papá.

—Sí, pero no tienen tantos problemas como los de allá.

Aquel mes de diciembre, entre Los Toribianitos y Los niños cantores de Viena, la convivencia auditiva en casa me hizo recordar la zona de las aves en el zoológico, que gritan sin armonía. Un reclamo a viva voz durante las horas de mayor afluencia de público. Es cierto que el llanto no es melódico, pero tiene una cadencia, ese puntito agrio al lado de la corchea que alarga el sufrimiento. Lluna tampoco lloraba con melodía, hacía agudos de bel canto de Juan Diego Flórez y cuando se asfixiaba con las lágrimas que no podía tragar sacaba graves de Enrico Caruso. «Tengo una cantante de ópera en potencia», pensé. Pero esa ilusión duraba poco, como los cuidadores del zoológico que ponían un extra de agua y alimento a la hora de los gritos.

Durante los meses que pasé en Lima la ciudad estaba entregada a los Toribianitos. El villancico Cholito Jesús nos perseguía en televisión, radio, pasillos de centros comerciales, puestos de venta de música pirata, mercados, músicos ambulantes y en el transporte público. Una avalancha musical que sepultaba por completo los oídos. «Al niño Dios le llevamos un ponchito de color, un chullito muy serrano, zapatitos de algodón».

—Imagínate, hija, desde que le planteamos hace tres años al cura introducir instrumentos musicales andinos y letras propias, no hay lugar del país que no quiera escucharlos —comentaba con orgullo mi tía.

Quizá los taxistas, necesitados de ritmos tropicales para mantenerse alerta, no renunciaban a la salsa. Aunque ese año ni sus cabinas se salvaron. Los Toribianitos lanzaron un disco de salsa navideña. «Qué noche buena para gozar, que noche buena para bailar». Trompetas y timbales en lugar de quenas y zampoñas.

—Oye, Julio. Esa música es súper cansina —dije a mi primo.

—Sí, tienes razón, son recontra aburridos. No les hagas caso, primo. Ignóralos, caballero nomás —respondió.

—Pero, hombre, están por todas partes.

—Sí, primo. Caballero nomás.

—¿A ti te molan?

—No, primo, pero no hay madre del país que no le guste esa vaina.

—Es que es una mierda.

—Es una huevada.

Nos miramos. Nos matamos de risa, para él. Nos partimos, para mí.

Si alguna tienda tenía música instrumental, la mente, sometida al coro de las voces aflautadas, rellenaba la melodía con firmeza militar. «Al niño Dios le llevamos un ponchito de color, un chullito muy serrano, zapatitos de algodón».

Las tías que conocí en Lima los utilizaban para ubicar la edad que tenías.

—Ah, sí, eres de la edad de los Toribianitos.

—No, es menor que los Toribianitos.

—Le falta poco para tener la edad de los Toribianitos.

Un sistema métrico que amenazaba con cargarse los límites entre la estupidez y el sentido común.

Papá llevó los CD de los niños cantores de Viena. La prima hermana en señal de gratitud, amplió el repertorio de temas de conversación. Que si los Toribianitos pudieran cantar en quechua, que si podrían dar conciertos alrededor del mundo, que si Pau quiere puede entrar al grupo, que voy a hablar con unos primos que viven en Suiza para ver cómo hacemos para que se conozcan, que no sabes la alegría que me has dado con estos discos, que no sabes lo bien que lo vamos a pasar ahora que vayamos a ver en directo a los Toribianitos.

El teatro que ofrecía el recital estaba en el centro de la ciudad. A pesar del calor y las carencias que se veía en el camino, la gente vestía con elegancia. Un tenor extranjero había confirmado su presencia dentro de los espectadores y eso, en los tiempos de violencia que se vivía fuera de los barrios en los que yo me movía, extremaba las medidas de seguridad. Dos semáforos antes de llegar, los policías dejaban pasar taxis con pasajeros con entrada y los coches particulares estacionaban en los espacios dejados por la calle cortada. El cielo de Lima lucía borrones de carbón de lápiz sobre un lienzo blanco que el sol intentaba traspasar por detrás.

Nos recibieron con honores, mi tía era una de las promotoras del evento.

—Creo que debimos haberle puesto una americana al niño —dijo mamá.

—Déjalo tranquilo, nosotros venimos de turismo —respondió papá.

El resto de chicos medía como yo, más o menos medio Toribianito. Entre confundidos y curiosos miraban al turista en jeans y camisa manga corta con motivos de palmeras. Estaba concentrado en poder soportar la hora y media de dolor acústico que estaba por venir.

—¿Podemos ir a la playa? —pregunté un día antes.

—Claro que sí, el mar va a estar recontra chévere —dijo Julio.

La mañana del concierto, mis oídos vertieron su contenido al mar y quedaron los ecos de las olas. Me convertí en una concha de caracol.

El teatro lucía imponente. Cada cierto tiempo la gente aplaudía, calentando las palmas para no desafinar. Nos sentamos en la platea.

Los niños de una edad menor que la de los Toribianitos, forcejeaban con sus padres para quedarse quietos.

—Mamá, voy al baño.

—Ve con tu primo, hijo.

Me lavé las manos para hacer tiempo y sin siquiera secarme él ya estaba fuera del retrete. «Ni ha soltado la cadena», pensé.

—A ti tampoco te gustan los Toribianitos, ¿no, primo? —dijo, bajito, Julio.

Asentí, con cara de resignación, como si el paredón estuviese a pocos metros. Un padre entró con su hijo enrabietado. Volví a lavarme las manos y mi primo detrás, esperaba el supuesto turno.

—Lo siento, hijo, pero vas a tener que estar sentado o te voy a castigar.

Creo que hacía la rabieta por el castigo que, al estar acompañado de banda sonora, parecía una pena de muerte. Entre sollozos, dejaron el baño.

—Ven, mira —dijo Julio.

Una bolita color piel le cubría el conducto auditivo externo.

—¡Son tapones! —dije.

—¡Shhhh! No hables tan alto que nos van a descubrir.

—¿Con qué los has hecho?

—Con migas de pan. Tengo un par para ti. Cuando terminen de cantar venimos y nos los quitamos.

—Hombre, pero con eso no vamos a dejar de escucharlos.

—Lo sé, primo. Pero algo es algo, ¿no?

Sonrientes, regresamos con el indulto. Cadena perpetua por pena de muerte.

—¿Los chicos están hablando alto o soy yo? —dijo papá.

—No te preocupes, hay demasiados niños que gritan —respondió mamá.

El concierto trascurrió como olas lejanas de conchas de mar. La puesta en escena de los Toribianitos era energética. Con sus pantalones, chalecos y corbatas rojas era imposible no verlos. La camisa blanca manga larga amortiguaba la saturación visual. Dos pasos laterales a la derecha, dos a la izquierda. Turnaban el protagonismo en filas de seis. Un movimiento ofensivo digno de futbol americano. En cada canción animaban la participación de público. El calentamiento de palmas dio buenos resultados. La gente se ponía en pie y los padres cargaban a los críos de medio Toribianito. Batían los brazos como si hicieran una tortilla. Durante la canción estelar, la del Cholito Jesús, se deben haber agotado de tanto elevarlos. Eran mejores en vivo que en las repeticiones de la calle.

Julio y yo pasábamos inadvertidos. Nos partíamos, para mí. Nos matábamos de risa, según él.

—Pensé que a Pau no le gustaban los Toribianitos.

—Bueno, ya sabes cómo son los críos. Está contento de estar con Julio.

Al finalizar la función fuimos al baño.

—¿Cómo nos quitamos esto, Julio?

—Espera —respondió.

El resto de padres que entraba con sus medios Toribianitos no nos prestó atención. Sacó una aguja de metal con ganchillo para tejer a crochet. Pudo quitarse las suyas, pero sólo pudo quitarme la del oído derecho. La del izquierdo se movió hacia dentro hasta desaparecer.

—No te preocupes, Pau, ya desaparecerá.

—No, Julio, ¡hay que sacarla antes de que se haga pan!

Bajamos a los camerinos y una fila de gente esperaba para saludar al cura y tomarse foto con un grupo de los Toribianitos. Un hombre corpulento, alto, que destacaba por su aspecto de dandi venido a menos charlaba con ellos. Era el tenor. Los primeros de la fila se tomaron fotos con él. Su paso dejó una ovación espontánea por parte del público.

—Qué tal, padre, buenas noches. Ha sido una función espectacular. Le presento a la familia que ha venido desde el otro lado del charco a verlos —dijo mi tía.

Mucho gusto por aquí, encantado de conocerle por allá.

—¡Qué tal, chicos, lo han hecho fenomenal! Les presento a Julio y a mi sobrino Pau.

Hola, qué tal, de ambos lados.

—Espero que no les haya aburrido como a la mayoría de chicos de nuestra edad —dijo uno que media dos Toribianitos.

Las dos horas de función no los habían despeinado. Llevaban la cabeza embadurnada con gomina. Tenían ojos grandes, ávidos de aprender y saludaban con una sonrisa natural. Cualquiera diría que habían sido educados en los mejores colegios del país. No perdían la compostura con los cumplidos ni con los niños (tamaño medio Toribianito), que gritaban. Tampoco vi a los adultos tocarles la cabeza. El peinado merecía respeto.

Años después, siendo padre, los Toribianitos eran mi salvación.

Mientras ella jugaba, hechizada por la música, ordené un poco la casa. El buen tiempo entró por la ventana y saqué a Lluna a dar una vuelta por el paseo marítimo. Con los auriculares escondidos por la capucha. Fui un padre feliz por primera vez.

—Pero qué niña más risueña. Usted debe de ser un buen padre.

Me senté y saqué un libro de la parte del coche donde debían estar los pañales. Avancé unos capítulos del libro y empezó a llorar. «Imposible», pensé. La señora del cumplido regresaba del paseo y se acercó.

—Seguro que tiene hambre —dijo.

Le enchufé el biberón, pero no lo aceptó.

—Entonces se habrá hecho pipí —añadió.

Levanté el pañal y aquel olor de baño público le dio la razón.

—Si tiene pañales le puedo ayudar.

No los tenía. Nadie dijo que ser padre fuese fácil.

—Pero ¿qué es esto?

De haberla mecido los auriculares se descolgaron y sin pedir permiso se los puso.

—¡Cómo puede hacerle escuchar esto y a este volumen! Si estamos en pleno mes de abril.

Cogí a Lluna, puse el libro donde debían estar los pañales y regresamos a casa. Uno puede hacer lo que le da la gana hasta que los pañales son prioritarios. Ese día con la ayuda de los Toribianitos me vine arriba y en lugar de llevar el libro Los paradigmas del buen progenitor, que me regaló una de las amigas de Raquel, cogí No dormir nunca más de WJ Hermans.

Le cambié el pañal. Dejó de llorar y nos quedamos dormidos en el sofá. En mis sueños los Toribianitos venían desde Perú a darle un concierto privado a Lluna por su cumpleaños. Julio se partía de risa, se cogió la oreja y con una señal, me indicaba el baño. No sé cuántos años cumplía, pero la gente bailaba al ritmo de «Con mi burrito sabanero voy camino de Belén...». Corrí hacia el baño para recuperar los tapones de miga que el primo me había dejado, pero no los encontré. Regresé a la sala. La canción era un arma química que los intoxicaba con la misma letra. «Con mi burrito sabanero voy camino de Belén...». Cada vez que intentaba acercarme a Lluna un Toribianito repetía la estrofa, la sacaba a bailar y la alejaba. La música era ensordecedora y Julio se reía en una película muda. Desperté con el llanto. No habían pasado más de cinco horas del último biberón, tenía que tener hambre. Bebió con desesperación, le puse los auriculares y gracias a los Toribianitos su digestión mejoró. Dejó de eructar.

—No sé qué ha pasado este fin de semana, Pau, pero Lluna está irritable conmigo —dijo medio en reclamo, medio en broma, Raquel.

—No te preocupes, déjamela —. Me la llevé a ponerle los auriculares.

—Con que era eso, le pones música. A ver, déjame escuchar. ¡Pero, Pau, esta música es de Navidad!

—¿Qué podemos hacer, Raquel?

—Nada. Uno hace lo que le da la gana hasta que tiene un hijo.

Los Toribianitos arrullaron a Lluna hasta los siete años. Por más que quisimos introducir a la hora de dormir un género musical distinto, no quería separarse de aquel estribillo. «Al niño Dios le llevamos un ponchito de color, un chullito muy serrano, zapatitos de algodón».

El huerto de los escondidos

No hay luz. No importa. Hemos tenido buena cosecha. Llenas de vida, listas para el plato, nos deleitaban las lechugas, papas, espinacas, arvejas y tomates. Este año hemos tenido suerte. La falta de agua no ayudó, pero nos las ingeniamos para regar. No importa.

El huerto es un cobertizo en el que podrían caber quinientas personas de pie. Dormirían de pie. Seguro. Lomo con lomo, por orden de tamaño, serían una fila de libros bien encajados en una biblioteca. Si a los libros les arrancasen la tapa dura y a nosotros la ropa, cabrían unos doscientos más. Ni los libros ni los campos de concentración llegaron a esta parte del continente.

El huerto fue un espacio de cemento que pedimos reducir a escombros para poder aprovechar. Algo teníamos que hacer para matar la soledad: la compañera desleal que nos restregaba el sabor insípido de los días. Uno de los camaradas fue peón en una finca, y con unos metros de cordel y unas estacas, nos ayudó a organizar la parcela. Tampoco sabíamos qué sembrar. Por cuestiones de tiempo no íbamos a plantar un olivo, ni un alerce ni un Matusalén. A pesar de haber retirado el cemento la tierra era dura y seca.

Nos turnábamos la pala, el zapapico, la guadaña y dos chaquitacllas. Removíamos la tierra, que vista de lejos eran unos huevos revueltos cocinados por un principiante.

Si la naturaleza no nos hubiera agradecido a través de sus frutos, lo hubiésemos entendido. La hora inicial del huerto se amplió a dos y luego a cuatro. Los camaradas que se reían de nosotros terminaron por unirse con tal de ver la luz del día. Necesitaban sentir que debajo del sol eran iguales al resto del mundo. Llegamos a ser veintisiete personas que trabajaban la tierra. Salvo los domingos, que ingresaban dos, el resto de días nos repartíamos las horas.

La luna llena parece el reflector de campo deportivo que enfoca las ventanas. En la pared de la cama se dibuja un cuadrado con un par de rayas verticales. Juego con mis manos y recuerdo la belleza de las sombras. El sonido metálico de los barrotes golpea la tranquilidad de la noche. No sé bien qué escribir ni cómo. No tengo luz, pero no importa. Sé que puedo hacer esta carta sin que las palabras se confundan como una maraña de cintas de video olvidadas en una tienda de venta de artículos antiguos de cine. A pesar de la cosecha hoy es la noche más triste del año.

Cuando hay tiempo libre uno asiste a misa. Aquí también. A la una de la tarde. Dura treinta minutos. Si la homilía se prolonga, el sonido de las campanillas anuncia que la comida está a punto de servirse. Lo hacen así para que los camaradas no se amontonen delante del cura en busca de perdón y utilicen sus lágrimas para salpimentar la comida. Nadie quiere llegar último. Un plato frío o comerse los sobrantes de las ollas es la opción para aquellos que tienen de amante a la compañera desleal.

El cura se toma en serio este mes y las celebra casi a diario con una oratoria propia de un papa recién salido de la fumata blanca. Termina, y una palabra hebrea certifica el vínculo del rebaño. Amén. Los que se han quedado dormidos lo dicen a destiempo. No sé si eso le pone contento o quizá le basta escucharlos al unísono para creer que eso que llama vocación no está reñido con el resto de inquietudes que todavía le asaltan. Hay que reconocer que se esfuerza por hacernos reflexionar, por darnos ejemplos que no llegamos a entender porque son de gente en libertad. «Pensar que yo no hice nada», suelen repetir en el momento de la ceremonia en la que se arrodillan. Los únicos con derecho a pensar eso eran los perejiles. Los camaradas que se declaraban culpables para encubrir al verdadero autor.

Después del motín, los bancos de la capilla se unieron al incienso en el purgatorio. Al cielo no pudieron entrar porque solo la combustión de madera por motivos bienintencionados tiene acceso directo. Este mes los camaradas han tenido que sacar cita para el confesionario. La confesión no puede durar más de diez minutos, so pena de que silbidos y carrasperas puedan interferir con la trasmisión satelital desde el más allá, del indulto. Ante la duda el cura prescribe lo mismo: seis avemarías, seis credos, seis padres nuestros. Si es con la postura de arrepentimiento de ojos cerrados a la fuerza y cabeza incrustada en la tierra estilo avestruz, mejor. No les explica lo de hacerlo con reflexión y optan por repetirlo de paporreta que la comida espera y el de arriba engorda solo el alma.

La humildad se le esfumó al recordar que fue el tema de su tesis en el seminario. «¿Cuál es la cantidad mínima de oraciones que un devoto privado de su libertad que acude a confesión debe rezar?». Cum laude.

—Es usted un hijo de Dios —se acercó a decirme—, con lo del huerto está ayudando a la gente y los aparta del camino del mal.

—Mire, solo intento matar la soledad —respondí.

—Pues ese es, hijo mío, el camino que te conducirá hacia el Señor —añadió.

—En este aislamiento uno no encuentra la paz.

Me pregunté si los curas en algún momento dejan de repetirse. Yo no leía, pero de ver televisión se me quedaban frases nuevas o ingeniosas de los personajes que incorporaba a mi vocabulario para hacerlo florido. Ellos leen, releen y memorizan el libro. Tienen que creérselo.

¿Si el perdón es celestial para qué carajo necesita de un hombre que sirva de aduana? Los curas son meros traficantes del perdón.

Este año un pez gordo de la política entró y sus influencias adecentaron la comida y la cena. Le costó adaptarse a las normas. No quiso ni quitarse el traje. Con ayuda del director organizó una tarde infantil para los hijos de los camaradas. Durante unas horas, los globos, papel picado de colores, camaradas disfrazados de payasos y los niños llenaron de inocencia un lugar en el que no existen inocentes.

El pez gordo se porta bien porque si no ya sabe. Promete ayudarlos a salir. Al verlo pasar le gritan de todo. Pone cara de susto y no le queda otra que ganarse a la gente. Los juegos olímpicos se pudieron ver este año gracias a las dos pantallas gigantes que compró. Incluso llegaban siete fardos de periódicos deportivos y uno de prensa seria antes de las nueve de la mañana. En grupos de ocho o diez los camaradas se reunían a devorar las noticias en los pasillos, que lucían como lobbies de hotel lleno de turistas recién llegados.

—Lo único periódico que conozco es la tabla de elementos químicos —decía el Sabio.

Dicen que está enclaustrado en sus ideas. Yo creo que está aislado. Era una persona, qué digo persona, un día nublado con lluvia de ideas. Caminaba por el recinto con las manos en los bolsillos mientras hablaba en voz alta. Detenía el paso de repente, miraba al cielo, por si alguna de las propuestas que giraban alrededor del sistema solar de su mente hubiese caído en forma de meteorito. Flexionaba los brazos de manera enérgica repetidas veces como si agitara algo. De lejos parecía un bartender preparándole un brebaje a la razón.

—¡Sabio, qué coctel nos vas a preparar hoy! —le gritaban los camaradas entre risas.

—Seguro que le falta hielo, porque es imposible aguantar la quemazón del frío.

Miraba sin dirección. Bamboleaba la cabeza como una vela en altamar. De izquierda a derecha o de arriba abajo según la consistencia de sus reflexiones había vencido la duda del viento.

—Las semillas son un núcleo pensativo —repetía al enterarse de lo del huerto.

—Sabio, son granos que vamos a sembrar —dije.

—Las semillas son filosofía pura —añadió.

—¿Cómo es la vaina? —pregunté.

—No sé si preferirán mantenerse encerradas en sus ideas como los filósofos, pero ustedes necesitan hacer explotar ese conocimiento en forma de frutos.

No le afectaba estar dentro. Al menos lo suyo fue por no tomar la medicación. Los demás, porfiados en no reconocer la jugarreta, sabíamos de nuestra responsabilidad en algún acto delictivo que nos llevó hasta ahí. El locólogo dijo que el Sabio era un tipo megalómano, con suficientes recursos para persuadir a su interlocutor y hacerlo sentir inferior o superior según su conveniencia. El director, aburrido de no poder joder a un preso, se interesó por el informe y lo mandó llamar.

—Dígame, señor Remedios. ¿Por qué camina durante el día y habla en voz alta? —preguntó el director.

—Director, soy de la escuela peripatética —respondió.

«Este loco me quiere tomar de huevón», pensó el director. Esbozó una sonrisa.

—Y eso, ¿con qué se come, señor Remedios?

—Es un alimento intelectual al alcance de pocos. Se come sin cubiertos, por cierto.

«Graciosito el loco de mierda este», se dijo.

—Ilústreme, por favor, que estoy ansioso de conocimiento.

—La escuela peripatética es la escuela filosófica que fundó Aristóteles. La palabra peripatético proviene del griego peri que significa alrededor, patein deambular y el sufijo ico relacionado con. Peripatético significa el que deambula alrededor. Aristóteles enseñó a sus discípulos a debatir mientras caminaban.

—¿Si le doy un espacio para usted solito para que pasee?

—Mientras se pueda caminar no tengo inconveniente, director.

—Enciérrelo dos semanas por desacato a la autoridad —dijo el director—. Este loco baboso no me puede dejar en ridículo.

A la premiación de los poetas tampoco asistí. ¿Cómo carajo se le ocurre al director que en este mes a alguno de los camaradas se le pueda cruzar una idea poética? Por increíble que parezca, este año la gente se ha puesto a escribir. El tema era libre. Los requisitos eran que al menos tuvieran dos versos y que el camarada participante no haya cometido actos vandálicos en el último año. Los que participaron fueron los gusanos ansiosos. No veían la hora de convertirse en mariposones. El arte en el corral no te reinsertaba en la sociedad. Servía para detectar los blancos a los cuales sodomizar en las duchas. Olvidaban sus penas a cambio de dolor físico.

Un tipo organiza grupos de lectura antes de la medianoche. Creo que es médico. Enseña a leer a los camaradas que no saben y no lo tocan porque con la salud no se juega. A ese sí lo necesitábamos. Es el único que reconocía haber metido la pata. Pero aquí no se respeta a la gente por reconocer su error, sino por la utilidad que tiene. Hoy va a leer cuentos a las seis de la tarde en voz alta desde el patio para los que comen reja sin recibir visitas, los aislados. Con los que estamos sueltos en el corral la asistencia es voluntaria. Se junta con los que quieran matar la ansiedad saciándose de palabras. Hoy estamos muertos. Al igual que en un zoológico, existimos, pero no vivimos.

El director se fue a las dos de la tarde. Suele hablar por los altavoces, sin embargo, esta ocasión cogió el megáfono. Un saludo trillado con voz emocionada porque él sí se iba a celebrar con los suyos. No es mala gente, el tipo, pero hubiese preferido que se largue a su maldita casa sin saludarnos.

El comercio de sedantes aumenta durante este mes. Las pepas se pasan camufladas en tortas, sándwiches o en un beso en la boca. La gente prefiere que este día pase rápido. El sabio nos habló el año pasado de una vaina que tiene con la relatividad de las cosas. Él acortaba el tiempo hablando. Si algún camarada desesperado necesita de una dosis extra tenía que acercarse a uno de los tombos para hacer uso de la ley a su favor. A falta de dinero ellos apuntan el nombre del camarada, los favores que le hicieron y, según eso, deciden cobrarse con el próximo visitante de la semana.

Las visitas este día traen comida, pero el pez gordo ha gestionado la mejora del alimento y los familiares optan por ropa. Excepto para los que están a punto de salir. En el corral existe la tradición de que aquel camarada que abandona el barco tiene que dejar sus mejores prendas a los que continuarán dentro.

Por aquel agujero por donde entra la luz escapa la imaginación. Me veo rodeado de gente que no conozco que me abraza, que me felicita por estas fechas, que se alegra de verme, que me atosiga con vasos de licor. Ebrio de alegría, después de los saludos siento que lo paso mejor. Insensible gracias al alcohol doy un discurso sobre lo importante que es sentirse importante en algún núcleo humano. Redundo una y otra vez en la palabra importante porque es la que más he oído usar a los conductores importantes de televisión. Si ellos la usan tanto será porque es de veras importante. Les agradezco. Comemos sin pausa. Brindamos sin tener idea del porqué. La ruta ascendente de la euforia se acaba y en la cima, con el entusiasmo en neutro o en freno embrague, la caída libre es inevitable. Todos quieren hablar. Todos hablan. No se escuchan. La conversación se mantiene porque los vasos están paralizados en los dedos.

Me alegro de estar vacío. De no tener sentimientos. En ese momento regreso por la ventana y la realidad me dice que la imaginación es un acto voluntario que aún no puede hacerme feliz. La imaginación es una pompa de jabón, irresistible mientras la miras, pero una vez se pincha vuelves a pisar tierra. La imaginación es hoy un acto de barbarie que se une a la compañera desleal y nos afeita la cara. Hoy es la noche más triste del año. Envidio a los que están fuera. Los detesto con toda el alma. A medianoche los tombos hacen ruido, disparan al aire durante unos minutos. Al menos la ciudad está lejos y eso nos aleja del eco de la felicidad. Recordé un concierto en el estadio nacional. Veía desde fuera las luces, escuchaba los gritos de la gente, el coro de las canciones y sentí que no tenía con quien compartir mi insignificancia. Di vueltas alrededor del perímetro y esperé que terminara para irme con la gente.

—Ha estado bueno el concierto, ¿no?, sobre todo por los efectos especiales —les decía con gestos en los brazos. Ellos copiaban las señas y me volvía a mezclar en la multitud en búsqueda de otra billetera.

La cena ha llegado en buen estado. En envases de tecnopor y cubiertos de plástico nos han servido primero, segundo y postre. Los camaradas estamos prohibidos de beber.

—Es té negro —comentó un camarada que pensó que lo que bebía el cura era vino.

Con la reclusión no da tiempo ni para extrañar el licor. El camarada más antiguo consuela desde su posición a los que lloran. «Aguanten camaradas, aguanten».

Esta noche los sueños no sirven para nada. Las pesadillas van a parar a la fosa común de los huérfanos de fiesta. Muchos no comen el postre. Comemos con apetito los dos primeros platos, pero no tenemos a quién esperar para empezar el postre. Me lo zampo. No puedo resistir a los duraznos en almíbar. Sé que no podré dormir hasta que amanezca. La tristeza de hoy es una indigestión obligatoria, un achaque al que nos vemos expuestos por hacer un sobreesfuerzo mental. La comida sobrará y eso alargará la convalecencia una o dos semanas. Hace unos años el director ordenó tirar a la basura los sobrantes que no cabían en las neveras.

—Este es un lugar para mantener encerrada gente, pero no moscas —gritó.

—Director, no se preocupe por la comida que sobra después de Navidad. El vacío cuántico es el estado con la mínima energía posible que permite su presencia. La mecánica cuántica determina que no existe un espacio vacío absoluto sino un flujo de partículas y ondas electromagnéticas que entran y salen para mantener su existencia —dijo el Sabio al director en su despacho.

—Vacío cuántico, ¿no? Ahora me va a decir cuánticos días quiere que lo aísle para comprobar la mínima cantidad de energía con la que va a sobrevivir.

Lo aislaron tres semanas. Pero eso no lo desanimó.

—Sabio, se te olvidó explicar lo de las moscas al director —dijo un camarada al verlo pasear de nuevo por el corral.

—Eso es gracias a la entropía —respondió con una sonrisa que marcó las arrugas por falta de nutrición.

Por la madrugada el llanto de los camaradas era un coro nervioso en su primera presentación. Los lloriqueos fluctuaban a modo de aguacero que no está convencido de llegar a ser una tromba de agua. En ese momento dejé de escribir. «Con la cantidad de líquido que se pierde en lágrimas podríamos haber regado mejor el huerto», pensé. La gente lloraría con frecuencia si el dolor se pudiera ir a alguna parte. Si se tomara vacaciones de vez en cuando. Pero es un alivio pasajero. Una excusa de la naturaleza para regresar al equilibrio. En cautiverio el llanto nos hace iguales al resto de mamíferos. A esa hora los tombos vendían alcohol. Pasaban por cada uno de nuestros puestos y ofrecían vasos llenos. Un vaso y la mitad de un caramelo mentolado que uno dejaba reposar debajo de la lengua para el resto de la noche.

Al director le extrañó la tranquilidad del día siguiente. El patio del corral parecía un día de asueto de colegio. Comprendía la pena de los camaradas, que muchos no quisieran salir de sus puestos, pero no ver al Sabio caminar llamó su atención.

—El Sabio no está aislado, ¿no? —preguntó a un guardia.

—No, director, pero ya sabe la resaca de los camaradas estos días.

—Acompáñeme a buscarlo.

El guardia sintió gotas en la espalda que le hicieron mantener una postura erguida para evitar humedecer la camisa. El sudor frío que aparece sin esfuerzo físico es uno de los pocos chantajes automáticos del cuerpo.

—Director, voy a buscarlo y cuando lo encuentre le digo dónde está.

La última vez que alguien le dijo eso fue cuando murió su padre. No se atrevían a decirle la verdad y le daban evasivas.

—Prefiero ir con usted.

Ver al director dar vueltas por el corral significaba que iba a sancionar a alguien o hacer una pesquisa al azar. Ese día a la gente le daba lo mismo. El día anterior pasó como una riada que los sepultó. La imaginación, cansada de ser un león enjaulado, lucía con ojeras. La celda del Sabio estaba vacía.

«No se me puede morir un camarada un día después de Navidad, carajo», pensó el director. La última vez que pasó eso cambiaron director hace diecisiete años, cuando él llegó.

—¿Quién es amigo del Sabio? —preguntó desesperado.

—El jefe del huerto, director.

—Lléveme a su celda, carajo.

El Sabio, sentado en el suelo, leía la carta que dejé. El vacío cuántico es posible. Si los animales esclavizados a la libertad de la gente en el escaparate de los zoológicos podían sobrevivir, también nosotros. En Navidad existíamos, pero no vivíamos. Eso no le importa a nadie. Yo preferí no repetir la noche más triste del año. Ser un péndulo inerte que ya sin tiempo se movía al compás de la mínima energía posible. Con paciencia, quién sabe, hasta me puedan utilizar de abono para el huerto de los escondidos.

Al viejo mercurio

La única vez que celebramos la muerte de alguien en Navidad fue gracias al viejo Mercurio. Que no se llamase así era lo de menos. Tampoco voy a decir cuál era su verdadero nombre. Eso sería ofender la picardía de los amigos de barrio que, con la sabiduría de la real academia de la calle, le pusieron esa chapa, ese sobrenombre sincero. Un segundo bautizo que, a diferencia de la Edad Media, usa la mordaz imaginación que pulula en las calles, cual espaldarazo, para consumar su iniciación en la vida del barrio a través de una palabra que resuma y resalte su defecto. El viejo Mercurio, tóxico incluso en pequeñas cantidades.

Si chapa y receptor llegan a conocerse, la relación se enriquece. Ambos se mimetizan y el merecedor suele adoptarla de nombre oficial en las reuniones sociales en las que se siente cómodo. Los amigos nos tratan por nuestras chapas, por nuestros apodos. El resto interactúa con aquella realidad paralela que va impresa en el pasaporte. Si no llegan a conocerse, a veces es incluso mejor, los demás se encargan de mantener vigente el valor punzante del sobrenombre.

El teléfono de casa sonó a mediodía.

—Cevichería el Calamar, buenas tardes, ¿quiere reservar una mesa? —Intentaba tomarle el pelo al que llamaba.

—Oye, cabezón, no te hagas el imbécil. —Solo los amigos eran inmunes.

En mi caso, el cuerpo era un anexo de la cabezota que tuve durante los primeros cinco años y que me impidió caminar hasta que el resto de extremidades compensaron el desequilibrio. Me pudieron haber puesto pulpo, pero el parto, planeado en un principio por la vía habitual, se convirtió en cesárea. «Su hijo es muy cabezón, señora», dijo la ginecóloga, que resumió con lenguaje coloquial el hallazgo científico. En esa chapa, cabezón, se unieron causa y efecto.

—Dime —respondí con desgano, al notar que me habían descubierto. «Quizá cuando se me acomode la voz y deje de delatarme con gallos, pueda hacerles el avión», pensé.

—El viejo Mercurio ha muerto hoy por la mañana —dijo.

Son contadas las ocasiones en las que una noticia nos causa la sensación de que algo ha sucedido de verdad. A comparación de los periódicos que inventan historias a diario cuando en realidad no pasan tantas cosas. Me senté mientras el teléfono se escurría de las manos y el sonido de una voz se alejaba. Son pocas las veces en las que te sientes desenchufado de la vida.

Los que llegaron adolescentes fueron niños en algún momento y entienden que los pequeños no tienen energía sino una descarga eléctrica que el capitalismo todavía no ha comenzado a explotar. Si los chinos hubieran visto el negocio, podrían habernos utilizado como ratones enjaulados, obsesos por el ejercicio, que corren la rueda. Transformar energía mecánica en eléctrica. Hubiéramos producido la electricidad de cincuenta años para el barrio en unas horas. Felizmente, en ese entonces, los chinos eran más conocidos por fumar en la puerta de sus negocios cuando estaban a punto de quebrar.

El grupo del barrio éramos seis enanos. Seis ladillas que molestaban a los mayores para que nos incluyeran en sus juegos.

—Ya estamos en diciembre, hay que jugar solos —propuso alicate, el chico de las piernas arqueadas por el genu varo. La calle sería nuestra.

El Panzón trajo un platillo volador que lanzábamos de un lado a otro. Era un juego bravazo hasta que la beba, Leslie, una de las niñas del grupo, que a pesar de su torpeza se le perdonaba de todo, lanzó el platillo hacia su vuelo sin retorno en la galaxia del patio del viejo Mercurio, que estaba franqueado por un seto. Tocó el timbre.

—Buenos días —dijo la beba—. El platillo con el que estábamos jugando ha caído en su patio.

El viejo Mercurio no la saludó. Se dirigió hacia el platillo y, antes de entregar el objeto, lo rompió. Desintegró los átomos de la ilusión infantil. La Beba recibió las partes de aquel primer intento de independencia del grupo de los mayores y se fue llorando a su casa.

Cuando uno es niño piensa que los adultos son formas humanas que nos facilitan la vida. Recuerdo haber regresado a casa con el Panzón, frustrados porque nuestro primer juego había terminado en un ensayo inexistente, un grito de gol ahogado en la raya, un puro de colección que no conocerá sus cenizas, un piropo ensayado para la Beba que se atascaba en la garganta. El ser humano vive de intentos inexistentes hasta que decide dejar de ser un mero experimento, un conejillo de Indias, un ratón de los padres y de la sociedad para despertar a destiempo, con ganas de usar el poder de la voluntad antes de que nos vayamos al carajo.

La mamá de la beba, según fuentes fidedignas del chisme, fue a recriminar al viejo Mercurio, pero recibió amenazas y un perro que ladraba desde su puerta. A mitad de la calle, la casa del viejo Mercurio estaba mal ubicada. Una bandera de tres franjas verticales de color azul, amarillo y rojo era izada en su portal, año tras año, desde el 1 de diciembre, acompañada de una mezcla de música electrónica, psicodélica y pop que rompía con las formas clásicas del viejo.

—Esa bandera, ¿de qué país es? —preguntó una vecina.

—Debe de ser de un equipo de futbol de segunda división —respondió otra.

—Ese viejo se ha equivocado de país —añadió la primera.

—Habrá que preguntarles a los niños, que para eso van al colegio —puntualizó la segunda.

Asistíamos al colegio, sí. Pero había razones de peso por las que ese tipo de pregunta era de nivel avanzado, casi de doctorado. Porque la calidad del colegio fiscal era pobrísima, porque prestábamos más atención a las horas de recreo para intercambiar figuritas, la televisión tenía programas que alimentaban la imbecilidad de sus futuros ciudadanos y porque la bandera pertenecía a un país lejano y comunista. La casa del viejo Mercurio, el comunista rumano, interfería con la nueva generación que exigía con democracia tomar la calle, aunque fuera peatonal. Cuando aprendes a caminar las puertas y paredes son impedimentos para el hámster que llevas dentro.

El segundo intento de independencia lo hicimos con un trompo. A ras de tierra y a pocos centímetros de la palma de la mano, bajo el efecto giroscópico, aquel objeto reiteraba las rotaciones hasta desfallecer, como un disco de vinilo que ve mermada su capacidad sonora a causa del excesivo número de revoluciones por minuto. El Zambo Madera, coincidencias de la vida, quiso reproducir las maniobras que un payaso de la televisión hacía en un programa infantil. El trompo salió volando cual satélite que sale de su órbita.

—Yo no voy —dijo la beba.

—El trompo es de madera, no lo puede romper —respondió el zambo.

Mientras intentaba pasar por encima del seto, el viejo Mercurio abrió la puerta acompañada por los ladridos. Cogió el trompo y se metió en su casa. A los minutos salió con un mazo, molió a golpes la peonza, recogió los restos y los puso delante de su puerta. El trompo era un muerto desfigurado en un accidente que está tan salado que ni siquiera San Pedro reconocía y por tanto no tenía derecho a entrar al cielo.

La madre del Zambo Madera, doña Dominga, una morena que desarrolló unas manos gigantes a punta de repartir cachetadas a los sátiros del barrio, fue a pedir explicaciones, pero el viejo Mercurio no era cojudo y se escudaba con el perro por delante. Con dos batallas perdidas, decidimos jugar con algo que no se escape de las manos. El siguiente intento fue saltar la cuerda. El viejo Mercurio salió de su casa y quiso pasar por el medio, la Beba y el Panzón no sabían si saltar o no. Continuaron saltando hasta que el bastardo reapareció con una tijera y, a vista y paciencia de todos, que ya le teníamos miedo, cortó la cuerda y pasó sonriente por el medio. Se salió con su gusto. Esa vez, no dijimos nada a nuestros padres. Renunciamos a tomar el relevo en la calle peatonal. El viejo Mercurio nos había ganado la moral, nos había pisado el poncho, nos había superado en la cancha. Su maldad venía de otra dimensión. Quizá prefería los niños de la época del dictador de su país que por medio de un decreto abolió el aborto para aumentar la tasa de natalidad. Miles de niños murieron olvidados en los orfanatos o en las cloacas de la ciudad. Los hijos del decreto a cambio del deber patriótico.

Lo bueno del desencanto infantil es que dura hasta que aparece otra novedad. Me regalaron una pelota roja y, una vez, más tomamos la calle. Para evitar que cayese en el lado del viejo Mercurio, tres de nosotros cubrían esa zona. Así pasaron varias semanas hasta que el viejo decidió arrancar los setos de su patio y trajo unos obreros.

En dos días le construyeron un muro de cemento de una altura mayor que el seto. Eso nos alegró. Nuestra pelota roja tendría más tiempo de vida. Olvidamos los ratos desagradables hasta que la Beba, la niña a la que se le perdonaba todo, lanzó el balón. Fue dando botes, minúsculo gateo de los cuerpos esféricos rellenos de aire, entró por la reja del jardín y pasó por la puerta abierta de la casa del viejo. Segundos después escuchamos el sonido de una pelota con diagnóstico definitivo de neumotórax bilateral por arma blanca. El balón, exánime, fue lanzado a la sala de espera de la calle.

—No te preocupes —le dije a la Beba.

En ese entonces, era uno de los chicos que estaban acaramelados por ella. El bobo, el corazón, me latía a la velocidad de los ratones en la rueda. Con la energía de ese amor pueril podría haber iluminado el planeta. Tragué saliva. Me hice el machazo. La acompañé a su casa en un velorio por otro juguete, por otro intento. Ese día lloré. Mamá, junto a otras madres, decidieron tomar cartas en el asunto. Se puede caer antipático, eso al menos lo puedes ignorar, pero hacer daño a un menor se condice con un desprecio hacia ellos. Aquella noche, la puerta de la casa del viejo Mercurio sirvió de alcantarilla para la orina de los niños. La pelota no volvió a ser reventada. En el barrio los hombres salían a trabajar, pero las que tenían los pantalones en casa eran ellas, de lejos.

El viejo cambió de estrategia. El perro ladraba poseído las veces que lo paseaba por la noche. A partir de entonces decidió sacarlo mientras jugábamos. No hacía falta que le diéramos el paso. El perro nos espantaba. El viejo Mercurio fue un trauma infantil que llegaba al mes de diciembre con su bandera de un país perdido comunista que no aparecía en el mapa, con la música estrafalaria, el perro, sus maldades y el caminar altanero. Un desubicado en un barrio donde éramos amables. Hasta que llegó la adolescencia. Al pasar por la calle no tomaba un lado de la acera para ceder el paso. Nos quedamos frente a frente. No lo dejé cruzar, tenía tanto derecho como yo.

—Déjame pasar, carajo —dijo el viejo Mercurio.

—Ojalá te mueras, viejo de mierda —le grité.

Se le vino el diablo encima, me cogió del cuello, le metí un puñetazo mientras uno de los vecinos, al escuchar los gritos, salió a separarnos.

—Te voy a denunciar —dijo.

—Estás viejo, te vas a morir antes de hacerlo —respondí.

Al día siguiente la directora del colegio me mandó a llamar.

—Vamos a tener que suspenderte unos días —dijo.

—¿Por qué? —pregunté, mientras intentaba recordar alguna fechoría escolar en las horas de recreo.

—Por haber agredido a un abuelo con el uniforme del colegio —añadió—. No vengas hasta el próximo miércoles.

—Pero yo no hice nada —respondí entre lágrimas.

—Mira —dijo, la directora. Me mostró un informe médico de urgencias en el que detallaba las equimosis y crisis de ansiedad ocasionadas por la agresión a un mayor de edad.

¡Cómo iba a poder golpearlo si tenía doce años y pesaba cuarenta kilos!

Mi madre, enfurecida, me llevó de vuelta al colegio y, tras largo rato de charla con la directora, pude seguir con las clases.

El odio se desarrolla de diversos modos. Si es de golpe, por una canallada, suele calmarse también de golpe. Pero aquel que se cocina a fuego lento es el que tiene un horizonte de revancha.

—Lo he visto en el mercadillo de discos de vinilo antiguos —dijo el Orejón, que no podía correr a riesgo de elevarse—. Conozco al que los vende —añadió.

Ni cortos ni perezosos fuimos a conocer la música.

—¿Son sobrinos del viejo rumano? —preguntó el vendedor.

—Somos vecinos —respondió el Panzón.

—Se viene el mes de diciembre y queremos darle una sorpresa —añadió Alicate.

—Pues me acaban de llegar los long plays que me pidió. Es difícil traer música desde su país —respondió.

Con las propinas hicimos una chanchita, juntamos el dinero y compramos los tres long plays del grupo musical del viejo Mercurio y juramos quemarlos frente a su casa el día de Nochebuena.

—¿Podríamos escucharlos antes? —preguntó el Orejón, que comenzaba a desarrollar un buen gusto musical gracias a esas dos antenas parabólicas que llevaba de nacimiento.

—Lo siento, muchachos, la aguja del tocadiscos ha rayado varios long plays esta semana —respondió el vendedor.

—No te preocupes, Orejón, vamos a escucharlos antes de quemarlos —dijo la Beba, para tranquilizar su curiosidad. El Zambo Madera y yo asentimos.

Crecimos a la espera de que alguno de nuestros padres se comprara un tocadiscos. Los meses de diciembre aprendimos a ignorar al viejo Mercurio, que perdía fuerzas mientras nosotros ganábamos masa muscular. La bandera se desgastó, la música dejó de sonar y la Beba se fue del país días antes de Navidad. Los miles de perdones a la niña a la que se le perdonaba todo no se trasformaron en un beso. Nos dejó cojos de energía, sin electricidad, a los ratones que corríamos con desesperación la rueda en aquella jaula del barrio. El corazón funcionó durante un buen tiempo con grupo electrógeno. Quizá perdonar a la persona que se quiere no se trasforma en algo sublime, pensé. De haberlo sabido, la habría carajeado cada vez que echaba a perder los juegos con sus numerosísimas torpezas.

Crecimos y cambiamos la dispersión energética para focalizarnos en empinar el codo. Pasamos a correr la rueda en un gimnasio. No éramos capaces de producir ni un minuto de electricidad. Los sofás eran testigos del desengaño de otra generación. Al viejo Mercurio dejamos de verlo, pero no de recordarlo. «No seas Mercurio» pasó a suplantar la frase «no seas malo». Me mudé a otro barrio, pero en las fechas especiales nos juntábamos el Panzón, Alicate, el Zambo Madera, el Orejón y una foto con la Beba, que nos envió desde el exterior, en la que aparecíamos los seis. Contaban que el viejo Mercurio de vez en cuando era motivo de queja entre los vecinos. Empecé la carrera de Derecho y lo olvidé, como quien olvida una camisa que nunca te gustó pero que guardas porque está nueva. Eso era el viejo Mercurio, un recuerdo guardado, que quitándole el polvo podía recuperar su frescor.

Agarré el teléfono antes de que se me cayera de las manos.

—¿Estás seguro de que ha muerto? —pregunté.

—Sí. Está frío desde hoy por la mañana —respondió el Zambo Madera—. El Orejón tiene una sorpresa, así que vente más tarde —añadió antes de colgar.

Agarré el dinero que había ganado en unas prácticas y, de camino, pensé en la cantidad de cervezas que ese día nos íbamos a beber por doble motivo: por ser veinticinco de diciembre y por la muerte del viejo Mercurio. No cabíamos en nosotros mismos. Alicate me dio el alcance en la licorería donde compré el primer cajón de chelas.

—El primer cajón lo pongo yo —dije—. Ya para el resto hacemos la chanchita —añadí.

El Orejón, movido por su pasión musical, se convirtió en uno de los mejores disc jockeys de la zona. El Panzón, cansado de su barriga, se hizo preparador físico. Alicate estudió mecánica y el Zambo Madera, el único que aún vivía en el barrio, aquel que nos llamó para darnos la noticia, cocinaba en el restaurante de su madre para pagarse los estudios de ebanistería.

—¡Muerte al viejo Mercurio! ¡Salud! —gritábamos entre risas, con el cajón de chela plantado en mitad de aquella calle peatonal por la cual los niños resentidos de ese entonces ya no tenían que pelear.

—¿Y el velorio? —pregunté.

—Estiró la pata en el hospital y dejó órdenes para que lo incineraran —respondió el Zambo Madera.

De la alegría, hasta se nos olvidó saludarnos por Navidad.

—¿Esa música, Orejón? Está buenaza, ¿de dónde la has sacado? —preguntó Alicate.

—No lo van a creer, pero es la que escuchaba el viejo Mercurio. Son los tres long plays que compramos hace tiempo —respondió.

—No puede ser, esta música esta bravaza —dije.

—Es el grupo rumano Rodion G.A. de la época comunista de ese país —añadió el Orejón.

—Chicos, ¿quemaremos los long plays? —preguntó el Panzón.

—No hace falta, con las cenizas del viejo nos basta —añadí.

Era el día para celebrar una revancha. Pero quizá el mal no necesita del bien para mantener el balance del planeta. El viejo Mercurio nos había cortado las piernas, pero a cambio nos mantuvo unidos y, al menos, con buena música para celebrar su muerte. A miles de kilómetros, años atrás, el dictador del país de la bandera que no se estudiaba en el colegio y que asesinó en vida a miles de niños, encontró la muerte un veinticinco de diciembre de 1989. Podría decirse que esos niños también celebraban con nosotros.

¡Muerte al viejo Mercurio! ¡Salud!

Natura morta médica

La sala de reuniones luce vacía. Las paredes, sillas y mesas blancas conceden al hospital un efecto artificial del cielo. Una sala de recepción a donde venimos a buscar, por adelantado, una visa para el más allá. La única fila en la que ninguno quiere colarse.

Hoy hizo falta una mesa larga. Un par de caballetes y unos tablones solucionaron el problema. Unas sábanas blancas de quirófano por encima hicieron desaparecer la estructura rudimentaria. El ambiente retomó ese blanco casto. Un camino de ramas de ciprés abría paso a centros de mesa con velas, bolas rojas, uvas, piñas, naranjas y manzanas. Las hojas secas alrededor de los centros de mesa daban el toque dramático e inevitable de un hospital. Sobre los platos (blancos), se recostaban, en diagonal, las servilletas de papel enrolladas y atadas con hilos de sutura de seda negra, una ramita verde y un arbolito marrón de cartón recortado de cajas de suero fisiológico. En cada arbolito, un dibujo representaba al compañero de guardia: Una gota de sangre para el hematólogo, una taza de café para el anestesista, un estetoscopio para el internista y el médico de familia, un cerebro para el neurocirujano, un trazado de electrocardiograma para el cardiólogo, una sonda vesical para la uróloga, una silla de ruedas para los camilleros, un hueso para la traumatóloga, un bisturí para el cirujano general, un bisturí y unas pinzas para la enfermera instrumentista, el perfil de un rostro para la cirujana plástica, la vigésimo tercera letra del alfabeto griego para el psiquiatra, el tronco principal de un vaso sanguíneo y sus ramas para el cirujano vascular, un corazón y un bisturí para el cirujano cardiaco, un ojo de pupila dilatada para la oftalmóloga, una sonrisa para la enfermera más feliz que conocí, una cofia para las enfermeras clásicas, y un corazón negro atravesado por una flecha con dos jeringas cruzadas debajo, para las modernas.

Por falta de espacio los cubiertos escoltan a raya las servilletas. Según las normas clásicas la cristalería debe ser del mismo modelo. Copa de agua, de vino y de champagne o cava. En un hospital se prefiere dejar el vidrio lejos del alcance de los pacientes para evitar los arrebatos suicidas. En las salas de hospitalización son de plástico. Asumo que el reciclaje es un negocio rentable.

Las botellas, que sí son de vidrio, tienen un aire presuntuoso con esos lazos rojos en el cuello. Damas de honor de la mesa. Una de las mejores sensaciones en la noche de Navidad de un hospital es que no hay anfitrión, no hay familiares, ni amigos o invitados a los que tienes que dejar con la boca abierta por el menú, por los arreglos de la casa y la decoración de la mesa. Todos colaboran. O al menos no se libran de la jefa de enfermería, que una semana antes de la guardia de Nochebuena hizo una lista con la gente que estaría esa noche, para delegar funciones: los adornos de la mesa, del ambiente y lo que se tenía que llevar de comer. A nosotros nos tocó lo más sencillo: llevar café y pastelitos. Hay que reconocer que las enfermeras perciben el nivel de holgazanería de los médicos con aquello que no tiene que ver con ciencia, además de su predisposición para organizar eventos. Sin ese complejo de superioridad que se enseña en las escuelas de medicina, las enfermeras van sin ese trastorno de personalidad por los corredores del hospital y por la vida. Las que quisieron ser médicos, aún arrastran esa tara.

Las sillas tampoco se quedaron atrás. Bolitas rojas y verdes que se coordinaban a la perfección con la orden de la jefa de alternar un chico, una chica y que además coincidiera con el dibujo sobre el arbolito de la servilleta que ya expliqué. La sala luce a la espera de una cena que nunca llegó. Rebosante de alimento, demorará en liberar aquellos aromas que anuncian la corrosión del tiempo en sus entrañas gracias al frío invernal. No se han podido dar el abrazo de medianoche.

De cubitera, funge un cubo esterilizado de acero inoxidable de quirófano con soporte alto rodado, que se usa en cirugías abiertas y laparoscópicas para dejar material accesorio o gasas sucias. Dentro reposan tres botellas de vino blanco descorchadas, mientras que el morrión del cava catalán yace en el suelo y el del champagne francés se esconde debajo del papel metálico arrancado a medias. Parecen deportistas profesionales que usan el baño con hielo para que los tendones, músculos y huesos expliquen al sistema nervioso que es momento de relajarse luego del esfuerzo físico. El que mantiene la tensión es el de la botella sin bozal de alambre que soporta la presión interna de la bebida espumante.

No puedo dejar de mirar el blanco que domina el fondo. Las sillas están desordenadas. Debe de haber sido una urgencia. Sí, eso fue. Una llamada de urgencia. De otro modo no se entiende la ausencia de personas que hacen falta para la foto. Es la única manera en la que el personal sanitario olvida lo que es, lo que sufre, lo mal que le pagan y se entrega a ciegas al auxilio de la gente. Los afortunados que trabajan en los hospitales, pero duermen y celebran en sus casas rodeados de los suyos, son los directores médicos y demás cargos directivos que están ahí para perennizar la explotación de los trabajadores en su versión moderna, sin azotes, del siglo XXI. Esos nunca tuvieron vocación. O quizá la cambiaron por dinero. Un tío mío era director médico y le extrañaba que aún, a los 47 años, siguiera haciendo guardias. Él las dejó a los cuarenta, cuando fue por primera vez director de un hospital periférico.

—Ese es el problema con ustedes, los clínicos y quirúrgicos —explicaba—, la vocación les gana, puede por delante de cualquier injusticia. Pero los que estamos en gestión, hemos decidido rentabilizar los años de estudio —finalizó. Gracias a esa idea los servicios sanitarios privados crecen en desmedro del sector público.

Pero es cierto, los que estamos en las trincheras del quirófano, las plantas y las urgencias, anteponemos la salud del paciente. Un acto noble que, a punta de agradecimientos, no alcanza para pagar las facturas ni cubrir las expectativas de los nuestros. Salvamos vidas a diario, pero no salimos en las portadas y nuestro sacrificio ya no sirve de ejemplo para una sociedad que contempla a modelos de alta costura, futbolistas y cantantes de pop como líderes de opinión. El lugar donde la nobleza da de comer bien es donde se recluyen los monjes y monjas. Se dieron cuenta a tiempo que es más productivo jugar a salvar el espíritu. El más allá del que no se tiene certeza.

Mientras aplicaban la resucitación cardiopulmonar a un paciente, el internista, la traumatóloga y las enfermeras pensaban en las razones por las que tenían que salvar a ese grupo de suicidas en la noche de Navidad. No es que el médico se haya deshumanizado, no. Siempre fue humano, pero por alguna sustancia adictiva, alguna hormona que aún no se ha descubierto, por algún neurotransmisor en superávit o rasgo de personalidad que nos activaron en la facultad, queremos salvar a la gente a costa de lo que fuere.

Nosotros, los del bloque quirúrgico, nos preguntamos en qué estarían pensando para romperse el cuerpo en un accidente. El quirófano apestaba a alcohol y nosotros ahí, intentando salvarlos. ¿Salvar? ¿Salvar a quién? De esto hablamos miles de veces esa misma noche. De pacientes sin sentido común está llena la sala de espera del señor. Sí, pero también de médicos que han perdido las ganas de enseñar, de llamar la atención y decirle a la gente lo estúpida que es por venir a las urgencias cuando no es necesario. Los datos respaldan lo que pensamos: estadísticamente, el porcentaje de subnormales ha crecido de manera alarmante.

A pesar de que la foto se tomó en el cambio de guardia, a las 8 de mañana, llama la atención la ausencia de moscas. Hasta los insectos saben que no hay que acercarse a lugares donde ronda la muerte. También llama la atención otro detalle. Hay tajadas de piña sobre una tabla de picar de madera. El cuchillo, que yace a pocos centímetros, observa atento la mitad intacta. Las sillas en desorden, rompen la armonía del cuadro, eso sugiere que el encargado de cortar la piña y los demás dejaron su faena a medio hacer.

Ese blanco cansino me obliga a cambiar de fondo. Pienso en unos árboles o aún mejor, observo un coral marino y la mesa está sobre la terraza de una montaña desde donde se disfruta de la vista. A la pregunta de ¿por qué el fondo de esta foto es blanco?, respondo con la paradoja de Olbers que pregunta ¿por qué es oscuro el cielo en la noche? En el universo infinito el cielo debería brillar como el sol. Pero en el cuadro lo único que brilla es el blanco.

En un hospital, el blanco por doquier, es el maquillaje residual de un amante que con prisas tiene que ir a trabajar después de una noche de pasión o después de una guardia. Ni siquiera la esperanza puede contra los rostros cenizos de las salas de espera que han saturado las peticiones de ingreso al paraíso, la frontera de salvación a la que se dirigen los pensamientos de los que están a punto de estirar la pata.

De noche los telescopios intentan ver la luz de esperanza de las estrellas. De día el personal sanitario con los microscopios intenta ver la de la vida. La búsqueda de luz en la noche, esto es, no aceptar la noche como fenómeno natural es descabellado, una actitud que no ayuda a entender las limitaciones del pensamiento humano. Me imagino entonces que los compañeros ausentes de la foto son estrellas, están ahí, pero tan distantes, tan concentradas en dar luz, entregar su energía a otra estrella que se debilita, que no consigo verlas. O a lo mejor me equivoco. Sí, me equivoco. Es precisamente la luz que emiten sin cesar, esa luz blanca, la explicación por la que los hospitales están inundados de esa aura divina.

Narices de espuma roja de payaso que quizá usaron para ir a saludar al pabellón de pediatría están regadas, escurridizas, por el suelo. Durante el día, los trabajadores se dan besos. Es el único momento del año en el saludarse no es aburrido. Los que se quedan y entran de guardia miden sus gestos de júbilo. Es el único día del año en el que pocos tienen ganas de estar ahí. Si se observa con mayor detenimiento, asoman por debajo de la mantelería, regalos envueltos que los médicos no piensan abrir en público porque no están seguros de que fuera ético recibirlos. Hemos llegado al punto en el que incluso un obsequio puede tener conflicto de intereses. Un talonario de loterías de Navidad, resignado a su futuro en un contenedor azul de basura, deambula de la mano de una revista del colegio médico, que ha publicado un extenso artículo en el que envía el mensaje de que la mejor manera de pasar la Navidad en un hospital es pensar en la dicha que se tiene de estar al servicio de la gente más vulnerable esos días. Me imagino que lo habrá escrito sentado desde la comodidad de su sofá un director médico o afín. Ojalá hubiese sido un artículo por encargo de las compañías aseguradoras para entender el desconocimiento de la realidad. Las pocas personas que conocí que disfrutaban de pasar una celebración así en un hospital eran trabajadores depresivos a los que recomendaban no quedarse solos en casa, colegas drogadictos que aprovechaban la poca vigilancia de medianoche para robar jeringas, agujas, compresores de goma, apósitos, ansiolíticos y opiáceos que pincharse y vender después para cubrir el incremento habitual de pedidos de esas fechas; rupturas de pareja que aceleraban el paso de página; ilegales y mendigos que simulaban cualquier enfermedad y que de modo milagroso se recuperaban horas antes de Nochebuena para recibir algo de comer; amantes que hacían del hospital su reducto; compañeros extranjeros sin hogar y las hipotecas pendientes que se amortizarían mejor con el pago extra. Ni siquiera la decoración de los pasillos quiere quedarse, harta de ser ignorada.

Me hubiese gustado ver en la foto una calavera o un cráneo para darle un toque de barroco, de Vanitas. Pero por paradojas de la vida, en un hospital es el último lugar donde se puede encontrar algo así. A cambio nos han dejado un objeto con el que el mundo moderno interpreta la relatividad del conocimiento de la vida, dos estetoscopios. Uno cuelga de la mesa, de perfil la campana y el diafragma van en caída libre mientras los auriculares usan las olivas de garras para sujetarse. El otro, relajado, apoya el tubo flexible sobre el respaldo de la silla. La vida, la vida, la vida. Así nos entrenan en las facultades. A ver la vida de modo absoluto, como si su presencia no tuviera que ver con la hegemonía de la otra cara de la moneda, la muerte. Prueba irrefutable de la soberbia de la medicina de hoy en día. Nos creemos capaces de someter la fisiología del cuerpo por siempre.

El racimo de uvas se ve tan perfecto en la foto, que cogería unas pinzas mosquito para comérmelas. Ahora entiendo a los pájaros que quisieron comerse las uvas de un cuadro de Zeuxis. No se echan en falta las flores. El ambiente hospitalario es tan aséptico que no hacen falta para dar vida. En eso hay que agradecer al personal de limpieza. Sin ellos, las áreas en las que la sangre aún anuncia una luz al final del túnel, es decir los quirófanos y las urgencias, olerían a matadero. Muevo la foto que he tomado del visor de la cámara para enfocar otra y encuentro pellizcos al panetón. «Qué bueno», pienso. Al menos alguien vino a picotear. El pellizco sutil se deduce por el contorno del pan dulce que el sujeto no ha querido dejar a primera vista. Apretujar entre los dedos un pedazo de piel en determinadas zonas dolorosas del cuerpo se utiliza para probar la certeza de que hay vida en los pacientes simuladores o no. El pellizco es vida.

Esa noche no se nos hizo larga, se nos hizo agua en la boca. Los que compramos productos industriales no teníamos tanta pena como los compañeros que habían cocinado. ¡Cierto, pero eso no importa! ¡Tenemos la suerte de atender a la gente más vulnerable! ¿Y quién ha dicho que nosotros no lo somos? ¿Quién se preocupa por nuestra salud? Claro, lo olvidaba, para eso están los directores de hospital.

Sobre el lomo de cada objeto, de cada alimento de la mesa, la luz proyecta siluetas irregulares, dibuja diminutos callejones sin salida por los que discurren las avellanas, la cáscara color canela de las almendras Marcona, los pistachos, las variedades de quesos, el pan y los tomates. Cualquier ojo inexperto diría que se trata de un óleo sobre lienzo. Me pregunto si con los colores de esta mesa, habría paleta que se resistiera a inmortalizar este momento.

Es cierto que el hospital, esa noche, ofrece un menú especial. Eso significa que el arroz por primera vez durante el año dejará de aparentar el aspecto de hormigón y será un mazacote; que no servirán pollo, pero el pavo tendrá un sabor similar; que si optan por mariscos serán los que vencen al día siguiente; que para los vegetarianos habrá algo más que lechuga; que habrá pan y será fresco; que no habrá que usar la sal y la pimienta para darle algo de sabor y que, eso sí, estará rodeado del rojo de ocasión. En suma, que la comida para el personal será supervisada por un nutricionista y lucirá tan buena como lo es para los pacientes. Para aquellos que llenan las encuestas de satisfacción al irse de alta, ante los que se debe ocultar el espectáculo desagradable de las condiciones de trabajo en un hospital y de los que depende al cien por cien, como un cliente, qué ironía de rima con paciente, la estabilidad laboral de los cargos directivos.

Lo que no aparece en la foto es un lapicero, lápiz, plumón indeleble o resaltador de tinta fluorescente. Es inútil, cumplen la misma función de aparecer y desaparecer en un hospital por culpa de los duendes que, por su tamaño, tienen la necesidad de hurtarlos para las pruebas de atletismo de salto con garrocha. Quizá los diablos azules que ven los alcohólicos durante el delirium tremens, al menos en un hospital, son de verdad.

Mientras enfoco de nuevo con la cámara, la espuma vence con sus casi 7 atmosferas la tensión del pico de la botella de cava, le rompe el talón de Aquiles. El gas frío se enfrenta al aire ambiente y crea en la boca de la botella una densa nube de vapor blanca. Soy una ametralladora, disparo fotos. Me acerco a beber un poco. Recuerdo a los compañeros que no están y que no querrán acercarse a la sala. La espuma no deja de salir y no dejo de tomar fotos. ¿Para qué las hago? Para captar un momento fugaz. Algo que no va a volver. No se repetirá esta noche sin cena. Pero, ¿qué es lo que no vuelve en un hospital?, si a cada rato retorna una vida por cada muerte. Quizá con la certeza de la muerte también se va un poco de nosotros, un poco de ese resplandor que llena de blanco las paredes, de la medicina que es una simple oficina para el más allá. Por eso, tal vez, somos una *natura morta médica*.

Miss camión

—Este año tenemos que hacer que los niños participen —dijo uno de los organizadores.

—¿Alguna idea? —preguntó otro—. Bueno, tenemos una semana para pensar —sentenció.

El organizador salió desalentado de la reunión. «A alguien se le tiene que ocurrir algo, por favor», pensó, mientras el viento frío le erizaba la piel del cuello y recordaba la utilidad de la prenda de lana que portaba en la mano. Si no, los niños de este pueblo van a preferir el pueblo vecino, añadió.

—La asamblea de hoy con los concejales no ha servido de nada —dijo al sentarse en la mesa.

—Ya vendrán días mejores —respondió su mujer mientras servía la comida.

El plato de sopa atrapaba rayos de sol que, por tenacidad, habían logrado traspasar la cortina. Le hizo recordar aquel viaje que hicieron para conocer el nacimiento del río Ebro. Aquel día supo reconocer que las raíces del amor por su mujer surcarían su vida hasta la desembocar en una familia que lo haría sentirse inmenso y bonachón como el mar Mediterráneo. Quiso beber un sorbo de vino del porrón de cristal, pero aquel recuerdo le alegró el día. «El bon aliment fa tornar jove la gent» (el buen alimento rejuvenece a la gente), pensó. Se puso en pie y cogió otro vaso. Sirvió vino para ambos. Ella entendió que algo le había venido a la mente que merecía celebrarse. Le sonrió y brindaron.

—Acabo de recordar el viaje al Ebro —dijo—. Cuando nos tropezamos al intentar cruzarlo y nos mojamos.

—Por suerte era verano y la ropa secó enseguida —respondió ella.

—Nos pusimos a bailar en medio del río —añadió él.

—Tu abuelo busca cualquier excusa para bailar —dijo, dirigiéndose a mí, que estaba sentada en silencio.

—Tú también vas a brindar, pero no le digas nada a tus padres —dijo mi abuelo, mi yayo—. *El vi de casa no emborratxa* (el vino de casa no emborracha)—añadió.

Temblorosa, cogí el vaso de vino con las dos manos y brindé con ellos con el cáliz que consagraba nuestra relación familiar. Tenía tres años, edad en la que la intuición colma nuestras acciones antes de que la razón las contradiga. Lo del baile era cierto, el yayo me hacía bailar y la yaya solía cantar mientras cocinaba. A esa edad no aprendí a cocinar, pero a cambio memoricé las letras de Charles Aznavour. Desde ese entonces, cuando la vida se despresurizaba, la adoración por mis abuelos era mi depósito de oxígeno.

Vivíamos al lado de una iglesia. El campanario despertaba al pueblo de la siesta y, según los golpes del badajo, avisaba la celebración de la misa. Nosotros salíamos minutos antes. Papá, aunque no era creyente, se adelantaba para guardar sitio. Excepto cuando llovía. Teníamos un paraguas que usaba para llevar a la yaya y luego a mamá. Yo me negaba a ir con mis padres y al yayo no le gustaba esperar.

—¡Cuidado que vaya a coger una neumonía la niña! —gritaba la yaya.

Él me cogía en brazos y caminaba raudo.

—No se da cuenta de que has salido terca como nosotros —decía.

Acompañar a mis yayos era la religión que estaba dispuesta a profesar.

Si al salir de misa había dejado de llover, me llevaba de la mano al bar.

—No hay que abusar del humor de tu madre —decía las veces que la lluvia no aflojaba y se iba solo.

Sentada en la barra del bar, mis piernas nadaban en el aire. Él pedía una copa de ratafía, un café y una naranja para mí.

—¿Por qué no le pide mejor un zumo de naranja? —preguntó Pere, el dueño del bar.

—Cómo se nota que no has tenido hijos o nietos. El zumo se lo va a beber de golpe y no tengo fuerzas para seguirle el ritmo —respondió.

Era cierto. Mantenía mi atención mientras pelaba la naranja. Su muñeca era el péndulo de la hipnosis que, con un movimiento circular continuo, apartaba toda la cáscara hasta dejarla como un festón. Yo la enroscaba en el brazo como brazalete. Luego cortaba la naranja a trozos. En otras ocasiones me mantenía en un estado de vigilancia milimétrico cuando seccionaba los extremos, luego un tajo final de cirujano hasta la intersección de las mitades. Separaba la fruta por el medio y una hilera de gajos desfilaba frente a mí como el puntillazo final del acto quirúrgico.

—Aquí tienes, Nuna, una naranja acordeón —dijo con un guiño—. *La donzella, flor de meravella* (la doncella flor de maravilla)—añadió, mirando a Pere.

Quizá procuraba no repetir el corte para evitar la volatilización de la paciencia infantil.

—Hombre, pero algún día le va a dejar beber un sorbo de licor, aunque sea para una ocasión especial —preguntó, de nuevo, Pere.

—Sí, claro. Pero todavía tenemos que habituarnos a tener secretos —respondió. «De xiquet es cria l'arbre dret» (El árbol se guía recto desde pequeño), pensó.

Una de esas primeras veces fue cuando mi hermano nació. Lloraba tanto, quizá desacostumbrado a estar fuera de la piscina temperada de líquido amniótico, que mis yayos también perdían un poco la paciencia.

—Lleva de paseo a Nuna —dijo papá.

«Este es el momento», pensó mi yayo.

—¿De dónde es que has traído ese licor que me dijiste la semana pasada? —preguntó a Pere.

—Es un pisco peruano. Un destilado de uva buenísimo —respondió.

—Dame un carajillo con el pisco ese y un vaso —ordenó.

El dueño del bar apoyó la botella sobre la barra mientras preparaba el café en la máquina.

—Pues sí, aquí dice que viene de Perú —comentó luego de examinarla.

Pere apoyó el vaso de café corto, abrió la botella de pisco, añadió hasta esperar la señal de mi yayo. Luego, con media cucharadita de azúcar, removió la mezcla y repartió una pequeña dosis en mi vaso.

—¿Y qué estamos celebrando, don Francisco? —preguntó Pere.

—Celebramos que esta niña tiene un hermano que, a partir de ahora, dejará de llorar. O que vendremos más seguido a tomar un carajillo de pisco peruano para poder hacer la siesta —respondió—. Si así como llora va a hablar, tu hermano tendrá que tener buena memoria. Salud, Nuna, por tu hermano —dijo—. *Bo és poc vi, molt és verí* (poco vino es bueno, mucho es veneno)—añadió.

Los vasos de vidrio colisionaron con elegancia.

—Tenías razón, Pere, como se decía en la época colonial, este licor vale un Perú —sentenció.

Fue el primer brindis que tuve en un bar. La siesta que vino después no fue interrumpida por los llantos del bebé recién llegado.

Cuando la lluvia se apoderaba del día, al salir de misa, las familias se despedían con la premura que otorga el riesgo de mojarse, para reunirse en torno a la chimenea, a la expectativa de que la leña alcanzara su punto de ignición. Gracias al ardor de las brasas recuperaban la flexibilidad de las neuronas. Recobraban la lucidez.

Esos días podía jugar en casa con las amigas del pueblo, pero prefería cocinar con la yaya. Tenía una olla pequeña en la que la receta se adaptaba a los caprichos de la joven cocinera.

—Hoy, vamos a cocinar un coc de ametllas —dijo la yaya.

De uno de los cajones del aparador del comedor, donde se guardaban los manteles, sacó un cuaderno en blanco.

—Este será tu cuaderno de recetas —dijo—. Ahora, como estás aprendiendo a escribir, yo anotaré las recetas —finalizó.

Receta de coc de ametllas. Veinticinco de julio de 1992.

Para evitar mi desilusión, me enviaba a hacer recados sin sentido dentro de casa para cambiar el contenido del molde. «Mira las camisas que estén por planchar de tu abuelo, dime de qué color son los botones de la blusa de tu madre, saca a pasear el cactus, avísame cuando las vacas pasen por la puerta de casa, fíjate si les han salido puntas amarillas a las plantas, ve a darle cuerda al reloj de la sala, mira que las botellas de aceite no tengan hormigas».

Cuando venían las amigas a casa jugábamos con carritos, rompecabezas y el hula-hula. Al atardecer, papá nos llevaba a la alacena y, desde los sacos, lanzábamos las almendras, nueces y avellanas, cual juego del sapo, a las cestas de mimbre. Cerrábamos el día con una cesta de frutos secos que cada una portaba a su casa.

En primavera era divertido salir al campo a conocer la forma de las hojas de los árboles, a deducir que era el momento de cosechar los tomates porque los pájaros ya estaban al acecho, o a impregnarnos del aroma del reverdecer de las tierras. A diferencia de los niños de ciudad, que distinguen el asfalto de los adoquines, en la masía, mi abuelo nos subía una por una al tractor para pasear alrededor de los cultivos.

El evento más esperado por todas sucedía durante los meses de setiembre y octubre, tiempo de cosecha de la uva.

—Vamos a la vendimia con los yayos de Nuna —decían mis amigas del pueblo a sus padres.

La yaya organizaba el alimento del día entre pan *torrat*, ajo, tomates, aceite, fruta, quesos, pernil y chuletas de cordero; que nos esperarían en la mesa después de la faena. Mi abuelo repartía tijeras, capazos de esparto, espuertas de plástico y guantes. Como yo era más habituada, lo ayudaba a dirigir al grupo, ansioso por recoger las uvas que colgaban como joyas de las cepas.

Cada año se repetían las mismas historias: caían ramas encima porque alguna cortaba un zarcillo que sostenía el follaje, otras se entretenían recolectando hojas para manualidades, y las menos hábiles se empeñaban en coger las uvas caídas al suelo.

—Pero, ¿quién ha querido comerse las uvas? —preguntó una de mis amigas, al ver racimos agujereados.

—Han sido los pájaros —respondí desde la escalerita que usaba para alcanzar las parras más altas.

Mi yayo nos permitía cometer desmanes en esa parcela, pero eso sí, exigía que la recolección del día terminara en la carretilla de obra al inicio de la hilera de vid.

—¿Quién ha encontrado las uvas más bonitas? —preguntaba una. Y así, entre risas, discutíamos cuáles eran las más sabrosas, las más coloridas o si habíamos recogido más o menos que el año anterior.

—Este año han estado un poco holgazanas —decía mi yayo al notar que la carretilla pesaba poco. Su veredicto zanjaba la discusión.

Con el parvulario llegó la educación infantil con juegos y actividades a las que me negué. Al ver que mi insistencia formal no daba fruto, recurrí al llanto. Quería seguir yendo al campo con mi abuelo y cocinar con mi abuela. Escribía con soltura y ya podía apuntar en el cuaderno las recetas del verano que luego repetíamos en las fiestas de fin de año.

Un día insistí en acompañar al yayo a una de sus reuniones del Ayuntamiento.

—No puedes ir, te vas a aburrir, hay adultos y no vamos a jugar —dijo.

Terminé sentada con la secretaria, entretenida con unos lápices de colores.

—Don Francisco, ¿la niña que espera es su nieta? —preguntaron.

—Sí —respondió, suspirando—. Ha salido terca como su abuela.

—Creo haberla visto en su tractor mientras iba al campo —añadió.

—Seguramente —respondió.

—Ahora las niñas no juegan tanto con muñecas, ¿por qué no propone un desfile de tractores?

—¡Estás loco! Es muy peligroso. Si pasa algo, me meten en la cárcel —respondió.

—Estamos en crisis. Nos quejamos de que las nuevas generaciones no quieren trabajar el campo y se van a las ciudades a estudiar. Quizá, si hacemos una semana con actividades rurales y un desfile infantil, logremos que se interesen por la agricultura.

Mi yayo le prestó atención por compromiso. Parte de ser alcalde era oír propuestas absurdas.

El concejal salió de la reunión y se acercó a la secretaría.

—Hola, soy compañero de trabajo de tu abuelo —dijo.

Lo miré con desconfianza.

—Tu abuelo me ha dicho que te gusta mucho el campo ¿Qué estas dibujando? —añadió.

Continué dibujando.

—Es un tractor en el campo —respondí.

—Es el más bonito que he visto ¿Me puedes prestar tu dibujo?

—Sí —respondí con timidez.

El concejal volvió a entrar a la sala y levantó el dibujo.

—Señores, la nieta del alcalde me acaba de dar una gran idea para la celebración que necesitamos. —Acto seguido mostró el dibujo y los concejales comenzaron a pasarlo, sorprendidos por la ilustración.

—Si queremos que los niños amen el campo, tenemos que enseñarles a amarlo. Podemos organizar una semana de actividades rurales y un desfile con tractores, donde elegiremos una reina. Aprovecharemos la cosecha de diciembre.

Mi abuelo miró el dibujo y sonrió por dentro. «Els infants i els orats escampen les veritats» (niños y locos, lengua sin cerrojo), pensó.

—¿Cómo se llamará la reina? —preguntó un concejal.

—La llamaremos Miss de la Terra Alta —respondió—. Daremos inicio a las actividades desde la segunda quincena y el día de Sant Esteve elegiremos a la reina —finalizó.

«Ya puedo estar tranquilo, después de tanto tiempo tengo sucesor en la alcaldía», pensó mi yayo.

El día de la fiesta central, el dia de Sant Esteve, los agricultores desfilaron con sus mejores galas al ritmo de la banda del pueblo. Las únicas máquinas que no desfilaron fueron las de arado de discos, de cincel, los rotocultores y los vibrocultivadores; que se dejaron estacionados junto al ayuntamiento para evitar desgracias. Aun así, los dueños tuvieron tiempo para pintarlos y decorarlos.

Los demás agricultores desfilaron disfrazados y con herramientas de labranza en mano: la guadaña, el rastrillo, la azada y el entrañable separador del trigo de la paja, el trillo, que era tirado por dos o tres personas según el tamaño. Tras el desfile, los vecinos del pueblo disfrutaron de una feria con instrumentos, productos agrícolas, dulces, quesos, fuets, y los niños jugar al ritmo de la banda.

Desde un rincón, un grupo de jóvenes esperaba una respuesta.

—Señor alcalde, esos chavales preguntan si pueden vender abetos —comentó un concejal.

—¿Con qué finalidad los venden? —preguntó mi yayo al acercarse al grupo.

—Estamos en plenas fiestas de fin de año y queremos decorar las casas con árboles naturales. Parte del dinero la usaremos para mejorar el centro juvenil del pueblo —explicaron.

—¡Buena idea! Pueden unirse —concluyó.

Se unieron con un tenderete lleno de abetos que la gente no tardó en llevarse a casa. Sin saberlo, comenzaron una tradición.

En el momento de la premiación, al concejal tuvo dudas, el nombre Miss de la Terra Alta no le convencía. Quiso algo que se relacionara con el campo y fuese inolvidable. «La nieta del alcalde es, sin duda, la niña más alegre de todas las que se han subido a un tractor», pensó el jurado.

El concejal subió dubitativo al estrado.

—El jurado, por decisión unánime ha decidido elegir a la niña Nuna como la Miss de la Terra Alta… ¡la Miss Camión! —dijo.

Entre aplausos y risas del público, el día de Sant Esteve subí a ponerme la banda de Miss Camión de la Terra Alta.

No creo en la reencarnación, pero si tuve vidas pasadas estoy segura que mis yayos y yo pertenecimos al mismo bando. Si alguna vez tengo otra vida, me gustaría coincidir con ellos en forma de viento, para soplar los campos que me enseñaron a amar, para que la tierra donde están siga cosechando abrazos cada día de Sant Esteve.

Saturno no se porta bien

A Guendalina del Monte Fiascone

—Y esto, ¿desde cuándo le sucede? —preguntó.

—Creo que desde que tengo uso de razón —respondí.

—¿Podría explicarlo con más detalle?

Fui a parar a la consulta de una psicóloga demasiado provocativa para ser invierno. Pantalones de cuero, minifaldas de cuadros con botas, blusas asesinas con transparencias que impedían concentrarme. Luego contacté por internet con una página de psicólogos en línea que ofrecían terapias virtuales. Me sentí libre de escuchar una voz sin tener que dar la cara, pero eso me duró un par de semanas. «Una terapia que le vendría bien a los fantasmas», pensé.

—Pórtate bien, si no Dios te va a castigar y no te va a traer regalos.

La cláusula del contrato comportamiento-regalo. Una expresión que el gremio de padres, abuelos, padrinos, tíos mayores y cualquier engendro que se consideraba mayor que tú, repetía. El que corría suerte era el hijo único de la familia, el primo Pepe, al que pocas veces le llamaban la atención y que estaba liberado de cualquier castigo. Pobrecito, si ya estar solo de por si es un trauma, no vaya a ser que se pierda los obsequios, murmuraban los tíos.

—Pórtate bien, si no Dios te va a castigar y no te va a traer regalos— dijo mamá.

—Pero, ¿qué he hecho de malo, mama? —pregunté.

—Has escondido la pelota —respondió.

Pepe tenía una mascota que enloquecía con cualquier objeto redondo que apareciera a su alrededor. Un torpe perro de raza. En el barrio un amigo tenía un inteligentísimo Gran Chusker. Un híbrido en el cual confluían la cara de buena gente de un san Bernardo, el porte de un mastín y los ojos pícaros de haber aprendido a punta de penurias y patadas. Nuestro Gran Chusker también jugaba con la pelota, pero cuando a él le daba la gana. Si algún portero de futbol de la época tenía un error garrafal que terminaba en gol nosotros decíamos que era un gol Gran Chusker. No le importaba el balón. A los animales de raza desde ese entonces los consideré faltos de cayetano, de calle.

La cuestión es que el perro de raza de Pepe me asustaba con sus ladridos desesperados y se lanzaba encima mío cuando llegaba con la pelota de futbol. Soltaba el balón y salía corriendo a llorar a los brazos del primer adulto. Eso sucedió antes de conocer al Gran Chusker. Años más tarde crecí, le perdí miedo.

—Ya no le lances la pelota a Saturno, que está cansado —gritaba Pepe.

—Los canes no se cansan —respondía, mientras la lengua del animal subía y bajaba en forma de cobra hipnotizada por un flautista de Jaipur. «Los animales son más inteligentes que los humanos, menos los domésticos», pensé.

El primo, cansado de insistir, iba en auxilio de alguien.

—Déjalo tranquilo, que ya está cansado el pobre can —dijo un tío mayor.

—Los perros no se cansan—repetí.

—Sí, puede ser, pero Saturno no entiende cuándo hay que parar —zanjó. No me dio la razón, pero al menos era consciente de la realidad.

¡A quién carajo se le ocurre ponerle nombre de planeta a un animal! ¡Cómo esperar que un cachorro adquiera personalidad si crece derrotado desde que pronuncian su nombre! El culpable del ridículo con el que el canino vivió toda su vida fue el primo Pepe. Nadie le daba la contra. Además, tenía un telescopio con miles de libros sobre las estrellas, mapas de las constelaciones que al resto de primos nos parecía un vómito explosivo de leche de un bebé desde la octava planta de maternidad de un hospital. Si Galileo hubiese sabido que su descubrimiento caería en manos del primo Pepe le habría mandado la santa inquisición.

En cada reunión familiar quería comprobar el nivel de torpeza de Saturno y descubrí los niveles de estupidez a los que podía llegar. Saqué una bola de imitación de cristal de Bohemia que decoraba la sala y la planté en el jardín antes de llamarlo. Primero ladró porque no la podía morder y, creo que antes de que alguien me llamara la atención, escuché un aullido por haberse hecho daño.

—Pórtate bien, si no Dios te va a castigar —dijo otro tío.

Bajé la cabeza y pregunté:

—Tío, ¿Dios tiene perro? —No me respondió. «Ojalá tuviera un Gran Chusker», pensé.

Llevaba casi dos meses sin dormir bien, por falta de sueño y pesadillas.

—No puedes seguir así, tienes que buscar ayuda—dijo mi esposa.

—Pero que ayuda voy a pedir si no me siento tan mal —respondí.

—Tienes un malestar que se respira en toda la casa y que no te deja dormir. Has dejado la psicóloga que buscaste cerca para no tener pereza de ir, y luego le terapia por internet tampoco te ha funcionado. Te voy a buscar algo.

—Es por eso que estoy aquí. Por la recomendación de una amiga de mi esposa —dije.

—Cuénteme un poco más de esos sueños —dijo.

El primo Pepe, el hijo único al que Dios no iba a castigar por nada del mundo y que recibiría como premio a su buena conducta todos los regalos de Navidad, por si no ha quedado claro, era el tipo más odiado por el resto de primos. Tal vez odio sea una palabra que puedo utilizar ahora que soy mayor, pero digamos que en realidad le tenía aversión, como a las cucarachas. Él sabía que jugaba con ventaja y se aprovechaba de eso. Si no se hacía lo que él quería, armaba un berrinche. Para colmo de males, además de ser hijo único era huérfano de madre. ¡Qué desgracia tener que soportarlo! Tremendo cojudazo desafortunado. Los tíos se daban cuenta de eso.

—Su primo Pepe no ha tenido la suerte que tienen ustedes de tener madre, hay que tratarlo con cariño —nos explicaban en frente de él.

—¿Y a Saturno también? —preguntó uno de los primos.

Las reuniones familiares se multiplicaban conforme llegaba el final del año. Usualmente se hacían en la casa de campo del padre de Pepe en la que sobraba tanto espacio por metro cuadrado que los insectos terrestres y aéreos del jardín demoraban siglos en invadirla.

—¿Qué es lo que más le molesta de ese entonces? —preguntó.

—Detesto la Navidad, detesto al primo, a los tíos que lo defendían y al imbécil de Saturno —respondí.

—Pero según lo que puedo deducir, usted esperaba con ilusión los regalos —añadió.

Los esperaba, sí.

—Hijo si no te portas bien, no te van a traer la bicicleta por Navidad —dijo papá.

La perversa cláusula se repartía como pan caliente a donde fueras. Papa Noel y los Reyes Magos habían enviado sus espías para asustarnos. Ser bueno por miedo. No te podías librar. Los delatores eran las vendedoras de las tiendas, las cajeras de supermercados, la panadera, la frutera de toda la vida, los abuelos de la calle y los payasos de los *shows* infantiles que nos miraban con desconfianza e invocaban la maldita consigna en todas sus variantes: «¿Te has portado bien? Tienes que portarte bien. Tu padre me dice que te estás portando bien, sabes que si te portas bien Papa Noel te traerá un regalo, hay que portarse bien para que los Reyes Magos no te den carbón».

Los primos asustados nos reunimos.

—Tenemos que portarnos bien, si no nos quedaremos sin regalos —dijo uno de los mayores.

—¿Hay que dejar de molestar a Pepe? —preguntó otro con preocupación.

—No sé —respondí.

—¿Y si nos turnamos para molestarlo?

—¡Qué buena idea!

A pesar del acuerdo me retumbaba en la cabeza «pórtate bien si no…». Así que decidí pedirle algo a dios. Diosito no voy a poder portarme bien, pero no porque sea malo sino porque a ese perro de raza alguien le tiene que ayudar a dejar de pensar que es un planeta y al primo porque es un cojudazo. Entiendo que quieras castigarme, pero castígame con otra cosa que no sea el regalo de Navidad. «Un pacto en silencio no es una traición», pensé, pero por si acaso se lo quise dejar claro. «Diosito, no pienses que estoy traicionando a mis primos solo quiero asegurarme de que me entiendes y que no me quites la bicicleta de Navidad»

Nos propusimos ignorar a Pepe, así que jugábamos en grupos.

—¡Qué pena, hemos terminado el juego! —decíamos cuando se acercaba. Se ponía a llorar y el tío de turno le daba la razón.

—¿Qué siente usted ahora con respecto a lo que pasó? —preguntó.

—No me siento mal. Tampoco tengo un sentimiento de culpa, aunque aún cargo con un sentido de tener que portarme bien para que dios no me castigue y no me vaya a quitar el regalo de Navidad. Estoy así desde hace años, portándome bien por una recompensa que muchas veces no llega, pero no me comporto bien porque sepa que lo tengo que hacer. Es el miedo lo que mueve mi comportamiento.

El día de la reunión de Navidad en casa de Pepe lo convencimos de jugar a *matagente*. Un juego en el que un grupo esquiva una pelota que es lanzada por otros dos desde ambos extremos. Pepe resultó habilidoso esquivando los intentos por matarlo con el balón. «A este lo voy a hacer tropezar», pensé. No sólo le hice tropezar, sino que se rompió un diente. «Olvídate, Diosito, ya me jodí», pensé.

—¿Qué piensa ahora? —preguntó.

—¿Ahora? Ahora me hago la pregunta de qué carajo significa portarse bien. ¿No reírte alto? ¿Bostezar con la boca cerrada? ¿No silbar en la calle? ¿Esperar en una esquina a los ciegos del mundo para ayudarles a cruzar la calle? ¿Sentarse en la primera fila de la clase? ¿Aprender a poner la mesa? ¿Pertenecer a los *boy scouts*? ¿Hacer caso a los adultos sin cuestionar? ¿Traer buenas notas del colegio? ¿Tener amigos con retraso mental? ¿Saber matemática? ¿No hacer refunfuñar a tus padres? ¿No llorar cada dos horas cuando eres un recién nacido y tienes hambre? ¿No molestar cuando hablan los adultos? ¿Decir siempre gracias, por favor, buenos días, buenas tardes y buenas noches? ¿No tener curiosidad? ¿Querer ir al cementerio a saludar a los abuelos? ¿No tener miedo a la oscuridad cuando duermes solo en tu habitación por primera vez? ¿Terminar el plato de comida para que la persona que ha cocinado no se ofenda, aunque sea la hedionda coliflor? ¿Aprender a caminar sin llorar si te caes? ¿Masticar más de cuarenta veces cada bocado? ¿No masturbarse a escondidas? ¿Estar sonriente todo el tiempo? ¿Descubrir la vacuna contra los mocos? ¿Comer de todo? ¿No tirarse pedos? ¿Ser un adulto en miniatura? ¿No mear en los árboles? ¿Estar bien peinado para salir a la calle? ¿Saber leer antes de aprender a controlar los esfínteres? ¿No hablar con la boca llena? Si es así, los adultos que tienen niños se han equivocado, porque lo que de verdad necesitaban era una planta o un torpe perro de raza al cual ponerle un nombre de planeta.

Una semana después del incidente, mamá, una amante del arte, nos llevó al paseo habitual por el museo a la hora de entrada libre. Nos mostraba una o dos pinturas, las explicaba al detalle y luego nos premiaba con un helado. Yo no podía reclamar el premio porque no me había portado bien. Por suerte ese día había más gente que aprovechaba el horario libre y la multitud hizo que solo nos llevara a ver una obra.

—Este artista pintó cuadros en las paredes de una casa que se conocía como la Quinta del Sordo —dijo.

—¿Se quedó sordo por culpa de los colores? —preguntó mi hermano menor.

—No, hijo. Los colores no tienen sonido. Es la edad lo que hizo que se quedara así —respondió mamá.

—¿Lo que está aquí es una pared? —pregunté.

—No. Los restauradores reprodujeron las pinturas a lienzo —respondió—. Esta obra se llama *Saturno* —añadió. «Otra vez el perro», me dije.

Mientras ella se deshacía en explicaciones, el personaje con melena blanca de rockero, despeinada por el viento en pleno concierto, no dejaba de clavarme sus ojos desorbitados. *Tempus edax rerum*, el tiempo que lo devora todo, concluyó mamá.

—Esa visita al museo, ¿qué relación tiene con lo anterior? —preguntó.

Esa noche me costó dormir. Confundí las sábanas con un escudo y sudé como un canino al que le lanzan la pelota. Aparecieron Papa Noel y los Reyes Magos al final de una nave con las paredes decoradas por *trencadís* que reproducían la pintura de *Saturno* en diversos tamaños. Dos filas eternas de niños subían a la plataforma donde ellos estaban.

—¿Te has portado bien? —preguntaban Baltazar, Melchor, Gaspar y Papa Noel. Si bajabas la cabeza significaba que no, y lo lanzaban a la esquina donde pendía la pintura de *Saturno*. Él estiraba el brazo por fuera del marco del cuadro, los atrapaba en el aire y los engullía de un bocado mientras incrustaba sus ojos en los nuestros. «Esto no me va a pasar a mí», pensé. Antes de llegar practiqué en la fila una mentira: que sí, que sí, claro, ¡cómo no me iba a portar bien! Me planté delante de Gaspar con el guion aprendido.

—¿Te has …?

—¡Que sí! —respondí sin dejarle terminar.

—Este niño está ansioso por recibir el regalo —dijo Gaspar mientras el resto reía. «Ya está», me dije.

—No te vayas a ofender, pero cuando pasa esto procedemos a preguntar al resto para evitar que nos mientan. —Se inclinó ante las dos filas y preguntó si era verdad que me había portado bien.

—Se ha portado mal, me ha roto un diente —gritó el cojudazo de Pepe cuando estaba a punto de coger el regalo.

No esperé ni un segundo, salté por encima de los demás y me puse a correr.

—Atrápalo, Saturno—ordenó Pepe.

El abuelo gigante salió del cuadro y empezó a perseguirme mientras yo buscaba una puerta de salida de esa larga fila de niños. Justo cuando estaba por atraparme, vi un reloj de pared y recordé la frase con la que mamá había terminado su explicación sobre el cuadro. *Tempus edax rerum*, el tiempo que lo devora todo. Me detuve, me impulsé con la espalda de alguno y cogí el reloj. Saturno se detuvo y su mirada me recordó la de aquel animal de raza. Hice el ademan de lanzarlo a un lado y a otro, y Saturno se ladeaba según la intención del lanzamiento. Lancé el reloj de pared como si fuera un *frisbee* y se fue detrás de él con desesperación.

Me fui tranquilamente. «Si Goya perteneció a la clase media, ¿por qué pintó un monstruo con alma de un torpe perro de raza y no un Gran Chusker?», me pregunté. «Debe haber sido por trabajar para la realeza», pensé. Una mano en la espalda me hizo dar la vuelta y, al estar a punto de entrar en las fauces del gigante, me desperté.

—¿Y ese sueño se lo contó a sus padres? —preguntó.

—Estaba castigado en ese momento—respondí.

—¿Qué paso con la bicicleta?

—La dejaron en casa de Pepe, pero luego me la dieron a inicios de enero —respondí.

Y eso fue aún peor, porque el chantaje era una mentira. ¿Para qué entonces me pidieron portarme bien? ¿Querían que aprendiera a mentir para evitar el castigo?

—Ese primo al que usted se refiere, ¿todavía vive?

—No. Solo ha existido en mis sueños desde hace muchos años. Es la encarnación de la no violencia que maleduca a los niños cuando no se les sabe explicar algo y, a cambio, se les quita con injusticia los regalos de Navidad —dije. Luego pregunté—: ¿Usted cree que somos hechos a imagen y semejanza de Dios?

—Sí —respondió.

—Eso me tranquiliza. Eso quiere decir que Dios también ha tenido un primo cojudazo como Pepe que le causa pesadillas.

Navidad veraniega

Más veces de las que hubiera querido, me angustiaba no saber dónde diablos se habían escondido toda esa nieve, renos y trineos que veía por la televisión, en las postales, en los artículos de decoración, en los vasos de comida rápida y en todo aquel objeto en el que ni las miradas despistadas, esas que usamos para descansar del bombardeo de estímulos; lograban escapar. Eran inicios de diciembre y el sol se había apoderado de las calles de Lima.

—Papá, ¿por qué no hay nieve en Lima? —pregunté.

—El sol la ha derretido antes de tiempo, hijo —respondió.

Yo le creí, esperanzado en que con un día sin sol bastaría para que la nieve pudiera solidificar esa ilusión. En el colegio se burlaban de mi entusiasmo cuando, en los días nublados, aseguraba que la nieve estaba por llegar.

—No va a nevar, Rivera. Deja de mirar por la ventana y atiende la clase, nomás —solían decirme.

Entendí que se trataba de una enajenación colectiva que todos aceptaban sin chistar, así que decidí crear mi propia Navidad veraniega. Recorté un pliego de cartulina. En un lado pegué las imágenes del dichoso gordo, y en el otro di rienda suelta al reclamo. Con crayolas pastel, los motivos solares derrocaban su dictadura invernal. Palmeras, personas con ropa de playa, helados, gafas oscuras, tablas de surf, de *bodyboard*, arena, mucha arena, olas con la cresta llena de espuma y un sol desteñido por culpa de las nubes. En el centro, el dibujo de Don Rasca Playa: el verdadero protagonista de las fiestas de fin de año, el regalo soñado.

Un caballero desmontable de colores, con cualidades excepcionales en cada una de sus cinco piezas de plástico: la gorra era un colador para tamizar arena; la cabeza, un balde; el brazo izquierdo, un rastrillo; el derecho, una pala; las piernas, el molde para construir castillos; y el asa, era la correa con la que se paseaba con orgullo aquel arsenal de herramientas para esculpir la arena. Al gordito le dejé el ridículo gorro rojo en la cabeza, como pista para deducir para deducir de quién se trataba.

Durante la etapa escolar, los niños son como ingredientes de una masa de pastel. Los docentes cuentan con los mejores y más frescos insumos para prepararlo de mil formas distintas, pero terminan amasándolos con la misma receta, para que encajen en un único molde. Las variaciones que mejoran el sabor suelen surgir por casualidad. No hay que esforzarse demasiado, total, los colegios existen para fabricar individuos en serie que alimenten el imperio del consumo y la producción.

Cuando mis compañeros vieron la interpretación que hice de esas fiestas, se dividieron en dos bandos: quienes quedaron fascinados con don Rasca Playa, y los que me vieron como el bicho raro del salón. A pesar de haberme ganado cierto respeto por formar parte del equipo de básquet —que, después de muchos años, había conseguido un campeonato interescolar—, optaron por ignorarme. El grupo que defendía a don Rasca Playa no contaba con la fuerza bruta de su lado. A esa edad, quienes destacaban en arte o ciencias tampoco eran comprendidos. En eso también fallaba la receta del pastel.

—Rivera, ¿estás loco? —preguntaban.

—Solo digo lo que pienso sobre este gordo absurdo —respondía.

—Pero no hay nieve —replicaban.

—¡En Lima no nieva! —insistía.

—Eso lo sabe cualquiera, ¡pero no tiene sentido quitarla si es lo más cool de la Navidad! —decían.

—¡Es una mentira! Uno celebra con lo que tiene; si no, es una copia sin alma —acoté.

—Don Rasca playa se ve recontra chévere —añadió en voz baja uno de los compañeros que destacaba en matemáticas, detrás de sus gafas de fondo de botella. Como si fuera una ecuación incómoda, se ganó un empujón.

La profesora que había llegado desde Escocia para enseñar en nuestro colegio —como parte de una congregación misionera, tras haber sido plantada en el altar— quedó encantada con mi interpretación de las fiestas. Sin embargo, sus explicaciones en inglés no lograron calmar a la mayoría. El desacuerdo con esas falsas mayorías —las que se amparan en la democracia para imponer su razón — era la levadura perfecta para inflamar la discusión.

No tenía sentido seguir esperando por nieve. Tampoco tenía lógica comprar decoraciones nevadas o a ese gordo absurdo vestido para una tormenta, cuando afuera brillaba el sol del verano. Adornos, manteles, servilletas, bolas que simulaban copos, gorros, medias, guantes, bufandas, polos de manga corta estampados con paisajes invernales…una negación que erizaba la piel. ¡Y mucho menos tenía sentido beber chocolate caliente a medianoche! ¡Por favor, si estábamos en pleno temporada de calor! ¡Dónde iba a parar esta gente con tanta indigestión! Quizá anhelábamos pertenecer al otro hemisferio, quizá ansiar lo que no se tiene es el primer paso hacia la infelicidad. De espaldas al sol no podemos ver lo sencillo que es celebrar.

A la familia paterna le fascinaba colgar luces: en la pared de la sala, alrededor del televisor, sobre los estantes y en las ventanas, para compartir la iluminación con los vecinos. Los destellos de los colores, cambiando de ritmo como si tomaran anfetaminas navideñas, le daban a mamá la sensación de estar dentro de un mercadillo. Por eso propuso una alternativa: la sobriedad que traía desde su casa, con bolas discretas, lazos sencillos y retablos andinos decorando estanterías, las mesas de centro e incluso la refrigeradora.

—Mira, si ponemos bolas, los chicos pueden moverlas de lugar y participar de la decoración de este año. ¿Qué te parece? —dijo mamá.

Papá levantó mentón hacia arriba, el labio inferior devorando el superior, y puso cara de bulldog. Los hombres suelen ponerse a la defensiva cuando las mujeres intentan persuadirlos para cambiar algo.

—Puede ser —respondió.

Lo que mi hermana menor no soportaba era que yo reubicara las bolas. Me seguía por toda la casa, devolviéndolas a su lugar, hasta que olvidaba dónde estaban originalmente. Fastidiar a la hermana pequeña es parte del rol de un hermano mayor, enseñarle a defenderse, a decir basta. Abandonada a su suerte, acudió al grito. Ese que se escucha en vuelos con turbulencias, en accidentes callejeros, en conciertos de rock, en salas de partos o estadios cuando el equipo va perdiendo.

—¡Ramiro! —gritó mamá. Fue suficiente. Bastaba pronunciar el nombre de uno de los dos para que entendiéramos que el juego se había acabado. Amansado, bajé las orejas como perro regañado. Mi hermana encogió los hombros y su suspiro fue como desabrocharse el cinturón de seguridad. La turbulencia había cesado.

El cuadro que hice con recortes de periódico y oleo pastel ganó el premio del colegio. Estuvo expuesto durante los meses de noviembre y diciembre en la biblioteca, que era, en realidad, el refugio más seguro contra cualquier acto de salvajismo escolar. Aún sí, la profesora escocesa me dio algunas sugerencias.

—Ramiro, en lugar de *Verano con el gordo maldito*, ¿por qué no elegir otro nombre? —dijo.

Una de las grandes ventajas de estudiar en un colegio escocés era la escasa probabilidad de ser excomulgado por cometer alguna herejía. Martin Lutero no lo habría hecho mejor. Aunque la palabra maldito no se celebra, preferirían evitarla.

El profesor de arte —el único autorizado para llevar *jeans* en el colegio, además de lucir sus elegantes medias multicolores— se quedó perplejo ante la obra y el título. En sus lecciones, solía secarse el sudor del cuello y la frente como un domador de fieras recién llegado a su primera función. Para él, la clase era una jaula de leones.

—A ver, Rivera, ¿*Verano con el gordo maldito* lo ha hecho usted? —preguntó.

—Sí, profesor —respondí.

Sus dudas eran comprensibles: me gustaban los deportes, metía chacota en las clases y solía ignorar sus lecciones de arte, igual que otras materias donde había que memorizar datos que solo servían para mantener la reputación del colegio. Aun así, él era talvez el único maestro interesado en explorar otras recetas para el pastel que moldeaban con nosotros año tras año.

—Mire, Rivera, le voy a contar algo —dijo.

Abrió el cajón de su escritorio y sacó una carpeta con fotos a color de pinturas

—Édouard Manet fue uno de los pioneros del arte moderno francés, y en su búsqueda por un estilo propio, pintó diversos lienzos incomprendidos en su época. Uno es este —señaló una pintura con dos hombres vestidos de manera elegante, una mujer desnuda que miraba al espectador y otra, al fondo, en camisón—. El otro es este —dijo, señalando la pintura de una mujer desnuda sobre una cama, cubriéndose el pubis con la mano izquierda mientras una criada negra le entregaba un ramo de flores—. Este primero se llamó *El Baño*, pero fue separado por el Salón de París en 1863 y fue a parar al Salón de los Rechazados, junto con otras obras que el público pudo juzgar. Luego cambió de título a *Almuerzo en la hierba*. El segundo, aunque fue aceptado en el Salón de Paris en 1865, no fue bien recibido por la crítica porque retrataba el cuerpo desnudo de una cortesana real, no el idealizado de las obras de Tiziano, Goya o Ingres.

—Respeto la creación artística y no tendría problema en conservar el titulo original —añadió—, pero ya imagina el escándalo que eso causaría con las autoridades del colegio. Piense que, tal vez, lo importante no sea el nombre, sino el mensaje que quiere transmitir. Tiene una semana para elegir otro título. Y, si lo hizo usted, lo felicito—concluyó.

Tendido en mi habitación, pensaba en los nombres que podía darle a la obra. ¿Cómo era posible que, en un colegio protestante, no se me permitiera protestar contra de la Navidad limeña? El cuadro permaneció sin título durante las primeras semanas.

Durante el Open Day de fin de año, ni siquiera los padres quedaron convencidos de que el *Verano con el gordo maldito* mereciera haber ganado.

—¿Ves algo ahí? —preguntó la madre del niño que quedó en segundo puesto.

—No, no veo nada —respondió otro adulto.

—No siquiera tiene ni un árbol —añadió un tercero.

—¡Ha ganado un dibujo sin nieve! —replicó, indignada, la madre.

—A ver, me imagino que ha querido comparar a don Rasca Playa con Papá Noel —dijo el segundo.

—Pero a Papá Noel casi ni se le nota—apuntó el tercero.

—A este chico le gusta la playa y se confundió de estación —añadió el segundo.

—¿Y sus padres no le explicaron que era un concurso de Navidad? —cuestionó la madre.

—Bah, son niños, no hay que tomarles tan en serio —respondió el tercero.

—Nosotros quizá no, pero para eso pagamos un colegio, para que se encargue y no permita esta clase de incongruencias —añadió la madre.

A esas alturas, las únicas secuelas de ansiedad por la nieve que jamás apareció en Lima las revivía en el colegio de mi hermana. Ella también había aprendido a plantar cara a la representación invernal de unas fiestas que, para nosotros —y cuando digo nosotros no me refiero solo a mi familia, sino a los que vivíamos en esa ciudad—, era una ofensa: contradecir la autoridad del clima.

En casa, la única nieve en abundancia que teníamos era de visita. La tía Nieves, por parte de padre, quien cenaba con nosotros los fines de semana desde que enviudó. Una señora emparentada, sin duda, con algún mamífero marino: hacía crujir la silla más resistente del comedor.

—Este asiento está cada vez más estrecho —decía, la tía.

Tampoco teníamos ese famoso arbolito, sobrecargado de desesperación navideña, quizá porque mis padres optaban por una educación familiar austera. En su lugar, decorábamos alguna planta que papá traía a casa a mediados de noviembre. Nos gustaban las de yuca, la dracena y otra con hojas similares a las de una palmera, que brillaban con un verde de selva amazónica.

Hasta que llegaron los primos gemelos, deshicieron la decoración, rompieron bolas y maceta. En represalia, papá reemplazó las plantas por una de sábila, menos vistosa, pero más resistente. La afrenta duró hasta que los gemelos crecieron. Desde entonces, no volvieron a ser invitados.

—¡Con los gemelos no pueden ni sus padres! —dijo la tía mamífera.

—Bueno, son muy traviesos —concedió papá.

—No, lo que tienen es demasiado tiempo libre y nadie les enseñan que hacer con él —puntualizó mamá.

—Pero eso es normal, ¡A qué niño no le sobra el tiempo! —replicó la tía otra vez.

«Qué iba a saber la tía mamífera del tiempo, si a lo único que se dedicaba era abastecer de calorías al universo que cargaba encima», pensé.

—Me han llamado del colegio por algo que no nos habías contado, Ramiro —dijo papá.

«El campeonato de básquet lo hemos ganado hace rato», pensé.

—Parece que tenemos un artista en casa —añadió.

Con la boca llena, la tía Nieves alzó la vista por encima de sus gafas mientras masticaba y se inclinó hacia mí. Era miope, pero si de verdad la comida entrara por los ojos, habría sido mejor que fuera hipermétrope. Sea lo que sea que le pusiesen en el plato, lucía como una colina de cebo. La silla rechinó y el resto de la familia la miró susto. Otra turbulencia. Papá retomó la palabra. La madera volvió a protestar mientras la tía regresaba a su posición inicial, dispuesta a escuchar. Cualquier movimiento suyo podía hacer colapsar la silla. Todos lo sabíamos. Durante el resto de la cena, papá fue el centro de atención. No pedía opiniones. Ni siquiera a mamá. Una regresión al lenguaje mínimo para evitar un desastre natural.

—Has pintado un cuadro que ha salido premiado en el colegio, ¿no, Ramiro? —dijo papá.

—Sí, papá —respondí.

—Y que además estará expuesto por dos meses, ¿no? —preguntó.

—Sí, papá —repetí.

—¿De qué se trata el cuadro? —interrumpió la tía Nieves, mientras se inclinaba de nuevo. El rechinido se prolongó como puntos suspensivos.

—Es sobre la falta de verano en Navidad —intervino papá, tratando de cortar la conversación.

Tía Nieves no tenía cejas, o se las olvidaba en casa. En su lugar, lucía líneas finas y angulosas que, al alzarse, parecían dos signos de interrogación ebrios, tendidos de lado y dándose la espalda.

—¿De qué se trata el cuadro? —repitió, ahora con la boca vacía.

—Es la venganza de don Rasca Playa contra el gordo de rojo que aparece por todas partes —respondí.

—¿Tiene título? —preguntó.

—*Verano con el gordo maldito.* Pero me han pedido que lo cambie —dije.

—Con esta obsesión por lo políticamente correcto, creen que una obra se define solo por su título. En pleno siglo XXI censuran a los niños por expresarse con libertad. ¿No era tu colegio escocés? —dijo la tía.

Todos tenían los cubiertos detenidos sobre la mesa. El rechinido parecía haber alcanzado una magnitud 8 en la escala de Richter.

—Sí, tía —respondí.

—Pues están habituados a protestar. Deja el título como está, y diles que el remedio contra la maldad no está en las palabras, sino en la educación de las mentes que lo engendran —declaró.

—Si tu obra llega al Rijksmuseum de Ámsterdam, es probable que cambien el título para no herir susceptibilidades —añadió mamá.

La tía Nieves giró hacia su posición inicial y, con el punto final del crujido, todos retomamos la cena. A decir verdad, ella misma era digna de inspirar una obra de arte con título provocador…que, por supuesto, también censurarían en ese museo.

Esa noche soñé que las cejas de la tía Nieves saltaban de su frente para perseguirme. Huía de casa mientras miles de bigotes invadían las calles en una manifestación decidida a dejar lampiños todos los rostros humanos, como protesta contra el maltrato veraniego: más calor, más afeitadas. Unidos en una enorme brocha de pelo negro, se lanzaban sobre el bigote de Dalí para arrebatárselo, luego al de Cantinflas, al de Miguel Grau, al de Charles Chaplin, hasta llegar al de Mario Bros.

La cantidad desmedida de vello que acumuló el buen Mario sobre el labio superior —ni siquiera con sus champiñones mágicos lo habría salvado— lo hizo desaparecer bajo un bigote gigante que fue perdiendo color, se volvió canoso y acabó incrustado en el rostro de un abuelo sentado en una mecedora frente a una chimenea, con una frazada sobre las piernas. Su risa avivó las brasas. Al voltear era él, el gordo maldito de la Navidad del hemisferio norte.

Lo miré sin vacilar. Desde la otra mitad del mundo apareció don Rasca Playa. Se saludaron.

—¡Qué bueno que hayas comenzado a ser el protagonista! Estaba cansado de ir abrigado en verano —dijo el gordo.

—Tuve la suerte de que un niño me dibujara —respondió el robot de plástico.

Don Rasca Playa me tomó de la mano y juntos cruzamos al lado del planeta donde el sol estaba a punto de anunciar el amanecer. Este sueño se repitió incluso después de que decidí cambiarle el nombre al cuadro.

—Profesor, ya tengo el nuevo título —dije.

—Dígame, Rivera —respondió él.

—*Me sobra el tiempo* —afirmé.

—No falta a la verdad, Rivera. Pero dígame, ¿cuál es el título?

A Pirulo y Tomatito

—Durante las cenas de fin de año, acércate a la silla de los abuelos. A casi todos se les caen las migas de pan, trozos de comida y turrón. Te diré más. Si están callados, tienen Alzheimer. Al no tener memoria, te saludarán y te ofrecerán de lo suyo una y otra vez. Si además les tiembla el pulso, mejor aún, no necesitas acercarte, ese mecanismo les funciona como una catapulta involuntaria de alimento. A quienes no vale la pena rondar es a los que les sirven purés. Solo tienen encías. No te darán nada que puedas masticar. En las cenas, los ancianos son un blanco fácil para evitar caer en la desesperación —dijo.

El instinto olfativo, en un alzamiento colectivo, hacía naufragar los hocicos en mareas incontenibles de saliva que afilaban en vano nuestros colmillos. Por eso dejaba intactos los platos de pienso.

El consejo me lo dio Pirulo. El mestizo calato, el perro sin pelo que alguna vez perteneció a una casa rica, pero que fue echado por morder al hijo del dueño.

—Fue culpa de un ataque de ira —decía—. El loro de la hacienda iba y venía a lo largo de la barandilla de madera de la terraza, con la cabeza gacha. Parecía un filósofo con las manos en los bolsillos, preguntándose por qué, después de tantos suicidios, había vuelto a reencarnar en la especie equivocada. Cada tarde al verme, repetía «perro calato, perro calato; perro sin olfato, perro sin olfato». Me acerqué hasta quedar frente a él. «Tranquilo, lorito, ahora te ayudo a acelerar tu reencarnación en otro animal», pensé. Tiraron de la correa y reaccioné sin medir las consecuencias —añadió—. El último paseo fue en camioneta. No era temporada de caza, y las liebres, codornices, perdices, jabalíes y conejos se dedicaban a procrear, preparándose para cuando lo fuera. Pensé que era una vuelta de reconocimiento del terreno, para familiarizarnos con el campo. Yo era un can de cobro y me habían prometido que sería uno de muestra. Bajamos, dimos una vuelta, no había rifles en las manos ni cascabeles en los cuellos. Él volvió a subir, no me abrió la puerta y se marchó —acotó Pirulo.

Lo encontrábamos en el parque donde nos dejaban sueltos. Corríamos, con esa falsa sensación de libertad que nos dan unos cuantos metros cuadrados. Queríamos fugarnos, pero no sabíamos cómo. Pirulo, el perro calato, el sin pelo, aún conservaba el porte de su raza, los hábitos de higiene de la casa donde fue criado y el collar de cuero con hebilla, que llevaba su nombre grabado en alto relieve junto a una banderita minimalista. Todas esas características hacían que los humanos no sospecharan su procedencia.

—Ese can, el del collar de cuero marrón, ¿de quién es? —preguntó uno.

—Pasea por aquí. Será de un vecino —respondió otro.

—Ese animal impúdico, ¿de dónde ha salido? —dijo una vecina.

—No te preocupes, es un ejemplar de raza, pero está calato. Es el calvo de los perros —contestó otra.

En realidad, no era un parque. Era un universo de jacarandás que alfombraban el horizonte con su gama cromática de flores, que iba de lila, fucsia, magenta, violeta y purpura azulado, según el golpe del viento. Teníamos lugares comunes donde dejábamos señales de paso, esa que servía por si nos despistábamos y no bastaba con nuestro olor para regresar a casa. Como cuando alguien deja por si acaso la llave de casa en la del vecino. También teníamos un árbol propio que se respetaba religiosamente. El jacarandá donde nos reuníamos no había crecido lo suficiente y dejaba caer sus ramas al suelo como lágrimas, quizá por la tristeza de no ser tan esbelto y alto como los otros.

—¿Qué tal? ¿Qué novelas? ¿Qué novedades? —pregunté al resto.

—No me siento preparado para huir —dijo Tambor, un bulldog inglés que podía pasarse el día entero en cama.

—Además, se viene la fiesta en la que te hacen regalos —añadió Goliat, una cocker spaniel.

—A mí no me gustan esas celebraciones —intervino Spritz, una refinada bichón bolognesa que padecía de ansiedad cada vez que alguien mencionaba Módena, ciudad rival de su querida Bologna.

—¿Por qué? —preguntó Goliat.

—Le da miedo el ruido —respondí.

—Me suelen dar pastillas para dormir, así evitan que inunde la casa —dijo Spritz.

—Si es por sueño, te puedo regalar un poco del mío —añadió Tambor.

«Demasiada cursilería en este barrio, así no llegaremos a ninguna parte con lo de la fuga», pensó el perro calato.

—Si algo les molesta, empiecen a ladrar. Ya verán cómo les solucionan el problema —dijo Pirulo.

La idea de la fuga estaba planeada para la noche de Navidad. Las casas se llenan de gente y dejan a los animales sin correa. Saben que son pocos los que conservarán el temperamento en la calle durante lo que parece el fin del mundo: fuegos artificiales, explosiones y estruendos por doquier.

—No puedo huir con ustedes. Desciendo de familia real, mis ancestros han sido pintados por Goya y Tiziano. Ustedes comprenderán, no estoy hecha para estas peripecias. Lo lamento —concluyó Spritz.

—Sin dejar de lado la incontinencia urinaria por el miedo —añadí.

—¡Qué fino eres! —respondió Spritz.

—¿El resto? —preguntó Pirulo.

—Yo me quedaré dormido, seguro —dijo Tambor.

—¿Y tú, Goliat?

—Creo que me uniré después de recibir los regalos —respondió.

—¿Y eso? —pregunté.

—Me van a regalar un set de pedicura inalámbrico, es una lima rotatoria profesional para uñas y la quiero llevar —respondió Goliat.

—¿Pero dónde vas a recargarlo cuando se acabe la batería? —preguntó Pirulo, contrariado.

—¡Qué desactualizado estás! No es a pilas, tiene cargador USB —replicó. —¿Y este que se supone que será nuestro guía, es al que le sobra cayetano, calle? Vaya planazo —me dijo Goliat con tono mordaz.

Pirulo cogió la flor y respondió:

—Tengo un par de amigos con los que podríamos sobrevivir toda la vida.

Uno de los puntos en común que tienen las despedidas abruptas —sin testigos del adiós, del saludo, del abrazo o la caricia—, con el despertar de los borrachos, es la falta de memoria sobre lo sucedido. Sin un hecho que alimente la nostalgia del ayer, sin algo que declare que hemos vivido, se instala la duda sobre si realmente hoy es otro día.

Durante meses, Pirulo sufrió una borrachera del pasado. Sin nada que cazar, olfateó hasta que no quedó ni un rastro por oler en arenales secos, invulnerables a la memoria.

—Este, ¿de dónde ha salío? —preguntó el perro gitano—. Esto sí que es sorpresa y lo demás tontería, quillo —finalizó.

Encontró a Pirulo, escuálido, tirado junto a un relleno sanitario a las afueras de la ciudad.

—Este bicharraco no es de aquí, quillo —dijo al ver el collar de cuero—. Aquí nadie tiene patrón. Pero esa es su señal, que le vamo a hacé. Le han robao hasta el pelo al pobre, quillo.

Lo arrastró desde el collar, lo alimentó.

—¿Por qué me salvaste? —preguntó Pirulo.

—¡Qué pregunta, quillo! Ser gitano no significa ser malo —respondió Tomatito, un can de pelo rojizo—. Es producto de la evorució —defendía, convencido del mestizaje. Fue el animal de un reconocido cantante de flamenco, que lo llevó de viaje transatlántico en barco, pero tuvo que dejarlo a cambio de un cajón de madera peruano que se llevó.

—¿No los odias por haberte abandonado? —preguntó Pirulo.

—Me encontraron en la calle, me trataron bié, me hicieron viajá y me devorvieron la libertá, quillo —respondió Tomatito.

—A mí me abandonaron, no por querer comerme el loro, sino porque acabó la temporada de caza —añadió Pirulo.

Gracias a Tomatito conoció los lugares donde buscar comida sin encontrar pleito.

—Ara que tas bien, nos reuniremo con el resto de compañero de la calle, quillo —dijo Tomatito.

Los callejeros se juntaban para compartir alertas: las semanas en las que era recomendable evitar ciertos sectores de la ciudad. Por ejemplo, de los restaurantes chinos —los *chifas*— que, ante la alta demanda, no cubrían los pedidos con carne de cerdo y enmascaraban el sabor macerando carne canina en pellejo de chancho, salsa de ostiones, ajo, sal y pimienta. O las morgues, donde según la conveniencia del implicado, es decir, del asesino, requería de manchas con sangre de perro en la escena del crimen para confundir las investigaciones. También estaban las facultades de medicina y enfermería, que los usaban para demostrar los efectos de distintos medicamentos en animales que jamás recobrarían la conciencia.

—Los que se han lograo salvá, dicen que lo de la anestesia é lo mejó, quillo, un viaje del güeno, güeno, güeno ¿sabe lo que te quiero decí? —comentó Tomatito.

Carajillo, otro mestizo andaluz que llegó como polizón en el mismo barco que Tomatito, era un perro borracho. Lo capturaron en la calle para usarlo en prácticas médicas, pero logró salvarse. A pesar de ser bañado con agua oxigenada, bicarbonato, vinagre de manzana y vinagre blanco, seguía apestando a alcohol.

—A este can, meterlo en formol va a ser como enviarlo al paraíso — dijo uno de los ayudantes de los profesores de anatomía que decidió dejarlo libre.

En esas reuniones, Tomatito dominaba los ritmos gitanos, marcaba el compás con las patas y aullaba, mientras el criollo de Barrios Altos, Nerón, cajoneaba al ritmo del son. El resto de la manada bailaba una versión salsera del flamenco adaptado al Perú. También se reunían para repartir los restos de comida que habían encontrado.

Tomatito y Nerón competían cada Navidad por ser el mejor olfateador de comida. El premio era el prestigio.

—Ademá, que por sé gitano, quillo, tengo que ganarme el crédito de lo compañero, ¿sabe lo que te quiero decí? —dijo Tomatito.

—¿Por qué no hay más perros gitanos aquí? —preguntó Pirulo.

—Lo gitano no somo tonto, no vamo a ir a viví a un lugá pobre, ¿sabe lo que te quiero decí, quillo? —respondió Tomatito.

—Solo en los boleros y en el vals *El Plebeyo* de Felipe Pinglo la pobreza es romántica. En la vida real, es romántica para los tontos —añadió Nerón.

La noche de Navidad llegó, y con ella, la oportunidad de la fuga. Las puertas estaban abiertas de par en par. No teníamos correas que nos retuvieran. Goliat y yo nos fugaríamos mientras Tambor y Spritz permanecerían en aquel status quo.

—¿Y cómo va la vaina de la fuga de tus patas? —preguntó Nerón.

—Cierto, ¿cómo va eso, quillo? —añadió Tomatito.

Pirulo nos esperaba bajo el jacarandá llorón. Una de las ventajas de ser un canino callejero es que aprendes a no temerle a nada. Mucho menos a los ruidos de los fuegos artificiales. Uno le teme más al hambre que al ruido. El ruido pasa, el hambre no. Pirulo miraba los estallidos desde el árbol con la templanza que da haber vivido peores situaciones.

—No pensé que vendrías tan tranquilo —me dijo, Pirulo.

—Aproveché que los bombones de chocolate tenían un poco de alcohol —respondí.

—Habrá que esperar a Goliat.

La hora de los regalos era una pausa estratégica.

—Al ejército se le están acabando las municiones —dijo Pirulo.

Los amos de Goliat eran una pareja mayor que la había adoptado en un refugio para animales abandonados.

—Y ahora, falta el regalo para la engreída de casa —dijo ella—. Ven aquí, Goliat —ordenó.

Goliat se sentó sobre las piernas de su patrona mientras ella sostenía una caja envuelta en papel dorado mate.

—A ver, vamos a ver que hay aquí —decía mientras desenvolvía el obsequio. —¡Pero si es una lima de uñas! ¡Qué coqueta es Goliat!

Goliat cogió la lima de uñas con el hocico y se perdió de vista.

—¿A dónde ira? —preguntó ella.

—Déjala, Goliat es un animal. No entiende tu intención —respondió él, mientras observaba con extrañeza los grandes trancos que daba su mascota por el parque, hasta sumergirse en el purpura de los árboles.

La vimos llegar con el susodicho objeto en las fauces.

—¿Tú tampoco tienes miedo del ruido? —preguntó Pirulo.

—Estuve en un refugio. No eres el único que tiene cayetano —respondió—. ¿Tienen algo pensado para poder llevar esto? —añadió, señalando la lima inalámbrica.

—Te ayudaremos si comprobamos que es útil —dije.

—Están locos si piensan que voy a compartir esto, pezuñentos —replicó Goliat.

—Vámonos antes de que se den cuenta —dijo Pirulo.

Otra de las habilidades desarrolladas por los callejeros es la capacidad de olfatear y ver incluso de espaldas. Pirulo nos detuvo con un gesto, y al girarnos vimos una mancha blanca cubierta de hojas violetas. Parecía una caricatura dibujada por el viento. Era Spritz.

—Si es verdad lo que ven mis ojos, será la única con la que compartiré la lima —dijo Goliat.

La esperamos bajo la sombra de otro Jacarandá.

—Vaya, vaya, ¿qué trae a la realeza por aquí? —preguntó Pirulo.

—La realeza no da explicaciones. Solo informa. —respondió Spritz, jadeando—. Han traído un par de bichones bologneses a casa. Dicen que es para que no me sienta sola. Pero si algo llevo en la sangre, es honor. Y si mi honor está en duda, prefiero una salida digna antes que ser destronada.

Caminamos durante la noche de Navidad, atravesando las bengalas que iluminaban nuestro trayecto cual estrellas fugaces. Al cabo de unas horas nos unimos al grupo de perros callejeros que usaba la fogata, hecha a base de fuegos artificiales reciclados, para calentar los restos de comida. Tomatito y Nerón hicieron una pausa en el cante y el cajón.

—¿Regalo de Navidá pa perros? —preguntó, indignado, Tomatito—. Si con la comida grati en casa basta y sobra, quillo —añadió.

—Es una lima para uñas —respondió Goliat.

—Un detalle para mantenernos sometidos —dije.

—Tú sí que hablas con arte, lo que se dice arte del güeno, güeno, güeno, quillo —finalizó Tomatito.

Volvieron al ritmo del cajón y al aullido con cante jondo.

—Será ser la primera vez que bailaré un vals con una perra refinada, ¿me concede esta pieza, señorita Spritz? —preguntó Pirulo.

—Aceptaré con gusto, siempre y cuando sea *El Plebeyo* de Felipe Pinglo —respondió ella.

—Es curioso que aún no se hayan dado cuenta del mejor regalo que se han hecho —añadió Nerón.

—El mejor obsequio de Navidad es nuestra libertad —dijo Pirulo.

—No crean que por mandar también la tienen los humanos. Son tan animales como nosotros —sentenció Spritz.

Java

Mi abuela solía decir que los únicos animales incapaces de sobrevivir en la selva eran los perros. Acostumbrados a mover la cola para pedir algo al amo, no sabrían cómo perderse entre la vegetación a ganarse los frijoles.

—Los perros son inútiles —sentenciaba.

Por eso tenía tres gatos que vagaban por la granja en libertad. Ella les permitía entrar en casa durante las lluvias torrenciales, cuando los diversos roedores del campo buscaban guarecerse entre las vigas de madera y el falso techo.

—Ahí están —decía mientras se oían los pasos de la comitiva de ratones, ratas, ardillas y demás criaturas que se trasladaban en una mudanza intempestiva. Una vez dentro, los gatos sentían el llamado instintivo de la caza y trepaban sin necesidad de recibir órdenes.

Como en una guerra en la que el perdedor es consciente de que no puede escapar y se aferra a una rabieta de coraje, se escuchaban una serie de golpeteos desordenados de caballerías vencidas por el agobio. Satisfecha, mi abuela dejaba que el tejado estirara sus orejas, y ofrecía sus oídos a aquellos felinos que jugaban a lanzar los cadáveres, ya sin sustancia, sobre el falso techo, donde caían como mendrugos huecos, maldiciendo ser golpes sin alma por culpa de la harina sin gluten.

—¡Esos son mis gatos! —proclamaba con orgullo.

En la granja, los árboles apenas mostraban sus frutos a inicios de octubre. Aun así, los cogíamos para usarlos en nuestras batallas campales, en las que evaluábamos la madurez de la fruta según la explosión de la pulpa al impactar contra la cabeza de alguien.

—Este año las pomarrosas no maduran y se caen —decía ella al verlas regadas por el suelo.

Las recogíamos con prisa y reiniciábamos el escrutinio sobre la utilidad de nuestras testas cuando ella regresaba a cocinar.

Tío Rosemberg, uno de sus hijos, llegó a media mañana con un puñado de aves atadas por las patas.

—Chicos, ya saben que aquí no necesitamos perros, así que ahí tienen a su futura mascota. Escojan una y cuídenla —dijo.

Cohibidos como un escuadrón sin experiencia en el frente de batalla, nos acercamos hacia el manojo de plumas. Tío Rosemberg se encargó de ahuyentar a los gatos, que ya mostraban su interés.

—Acérquense más, no los van a picotear —añadió.

Mis primos eligieron a los gallitos cariocos. Aves de cuello largo desnudo, con corte *punk* que en teoría incrementaban su agresividad de acuerdo al tamaño de la cresta. Mis primos ya pensaban en hacerlos competir en peleas clandestinas.

—¿De veras quieres un pavo? —preguntó tío Rosemberg con extrañeza—. ¿Sabes lo que les sucede a fin de año? —añadió.

—¿Reciben regalos? —pregunté.

—Bueno, cógelo si te gusta.

Luego vendría lo más difícil: ponerle nombre. ¿Cómo iba a estar seguro de elegir un nombre adecuado a un animal? ¿Cómo saber si le gusta? Era pequeño para ser tan complicado. Ponerle nombre a algo que ya lo tiene. Era un pavo y punto. Pero necesitamos ponerle uno para sentirlo nuestro, para apropiarnos de él o para dar sentido a nuestra endeble existencia.

—¿Qué nombre le vas a poner al tuyo? —preguntó tío Rosemberg.

Era mi primera mascota. Tenía que ponerle algo que rimara con pavo, para no olvidarme.

—Gustavo —respondí.

—Ese es un nombre serio para un animal —comentó. Reflexionó un momento y agregó—: ¿Por qué no le pones Tavo?

—Tavo el pavo —repetí con una sonrisa.

Después de bautizarlo, pensé en lo que debía enseñarle. Yo no sabía sumar ni restar, y dudaba que eso le sirviera de algo.

—¿Qué le voy a enseñar a Tavo, tío? —pregunté.

—A jugar y a comer —respondió él, impaciente, mientras recogía el resto de plumíferos que habían quedado.

Tavo el pavo no era un soso e inexpresivo plumífero de granja. Todo lo contrario, con esa papada roja redundante y sus plumas negras, tenía una apariencia de guerrero, como si fuera un gallo de pelea disfrazado. Cuando inflaba el cuerpo, se transformaba en un abanico oscuro de furia.

—¡Tavo! —gritaba yo. Él respondía con una gárgara gutural, con esa maniobra voluntaria en la garganta que simula un riesgo de abordaje de la voz y en la que no hace falta el achique de las cuerdas vocales. Salía de los arbustos y se acercaba sin temor para disfrutar una de sus cinco comidas diarias a base de semillas de maíz, cebada, frutos secos y hojas de lechuga. Al igual que yo, rechazaba la albahaca, pero aceptaba hojas de menta al final de cada comida que, según mi abuela, eran esenciales para combatir la halitosis. Mientras comía, le acariciaba el lomo. Luego me daba picotazos en la mano y comenzábamos a correr alrededor de la granja.

—El primo se ha vuelto loco con el pavo —comentó uno de los primos.

—¡Hay que hacer pelear al pavo contra un gallito carioco! —propuso otro.

—¡Lo van a matar!

—Nada que ver.

—No importa, todos los pavos terminan en la olla a fin de año.

Minutos después recibí una invitación, cuya aceptación final dependió de la cantidad de primos que me rodearon, cumpliendo con ese protocolo de fuerza en el que se disfraza la imposición. Era una forma de hacer valer ese supuesto derecho de propiedad que los humanos reclaman sobre todo lo que les rodea. El hombre es un animal que está en simbiosis con el mundo cuando le conviene, el resto del tiempo mantiene el rango de mero parásito.

—¿Dónde será la pelea? —pregunté casi sin voz.

—Detrás de un arco de la cancha de fútbol —respondió uno de ellos—. Anda a traer tu ave y nos vemos en un ratito.

Para evitar la deserción, uno de los primos me acompañó.

—¿Por qué cuidas tanto a tu pavo si se lo van a comer? —preguntó con indiferencia.

La saliva bajó como un ovillo por la rampa de la garganta. Salió en auxilio de una voz que tambaleaba, que necesitaba de una puntada en el paladar duro para no quebrase. Decidí no mostrar ni un signo de desconcierto. Usé la misma estrategia que aplicaba cuando una pomarrosa me golpeaba la cabeza y yo, con orgullo infantil, fingía que no dolía.

—¿Te ha dolido?

—No —solía responder, y continuaba el juego con masajes a escondidas en el naciente chichón.

Apliqué esa técnica de desatención emocional y continúe el camino hacia donde estaba Tavo. Los momentos de estrés son los que en definitiva forman el carácter. Yo confiaba en que algo sucedería. Cuando uno es niño, vive por y para el juego; esa entrega absoluta genera una fe ciega en el azar.

Sin sospechar nada, Tavo se acercó.

—¿Le puedo dar la última comida? —pregunté, para hacer largas. Las peticiones que se acompañan de la palabra *última* ejercen un efecto compasivo. Nos hacen creer que recuperamos, aunque sea por un instante, lo que no hemos podido vivir.

—Claro, para que aguante contra el gallito —respondió.

—¿A dónde van con esa ave? ¡Hay que vacunar a todas! ¡En el pueblo se dice que ha empezado una epidemia! —gritó tío Rosemberg—. Vayan a buscar al resto de primos para que traigan sus gallos —ordenó.

Fue una de las veces que recuerdo haber adorado a mi tío.

El azar se comporta como un aprendiz de sastre: ciego, torpe, pero empeñoso, a veces cose el botón sin saber cómo.

Los pollos, gallinas, gallos, pavos y demás aves salieron despavoridos, lanzando chillidos ininteligibles tras recibir el pinchazo que, según decían, prevenía la enfermedad que en veinticuatro horas se las llevaba rumbo al cielo desplumado.

Los primos mayores convencieron al resto de ocultáramos nuestras mascotas para que no sufrieran. Fingiríamos haberlas vacunado. Los gallos cariocos fueron los primeros en morir. Y con ellos, se desató la epidemia que exterminó a todas las aves de la granja. Tavo y su madre, la pava sin nombre, sobrevivieron. Me puse a pensar si el azar no había ido demasiado lejos.

—Mamá, con lo bien que lo estamos alimentando para fin de año, Tavo llegará a punto, ¿no? —preguntó tío Rosemberg.

—No sé, hijo. No sé. Mi nieto se ha encariñado con el animal —respondió mi abuela.

—Pero, mamá, es un niño. Le explicaremos que nos lo vamos a comer y punto.

Ella no respondió.

—Vamos a tener que mandar a Tavo al servicio militar para que no se lo coman por Navidad—sentenció mi abuela, a sabiendas de lo que él significaba para mí. Asentí.

—¿Lo voy a poder ver? —pregunté.

—Claro que sí, hijo. Podrás ir a visitarlo.

—¿Su mamá sabe que se va?

—Sí, ha sido una decisión difícil para ella.

Pobre pava sin nombre. «Qué triste se pondría mamá si yo tuviera que ir al servicio militar», pensé.

—Mañana por la mañana puedes despedir de Tavo —añadió mi abuela.

—¿Le puedo regalar una chalina para que no tenga frío?

—No te preocupes, hijo. En el servicio militar va a estar bien cuidado.

A la mañana siguiente, mientras comía, le hablé.

—Vas a irte al servicio militar para que no te maten, pero no te preocupes, que voy a ir a visitarte.

Me respondió con unos picotazos suaves. Desde la puerta de la granja, oscurecida por la amenaza de lluvia, lo vi alejarse.

—No te pongas así, hijo. Cuando pasen las fiestas de Navidad y Año Nuevo estará fuera de peligro y podrá regresar —dijo mi abuela.

Tavo llegó a la entrada del cuartel con una bolsa de tela colgando de un palo que apoyaba en el hombro.

Aquella mañana no había dejado de llover. Los charcos removían la tierra hasta convertirla en una gigantesca masa de lodo, que dificultaba cada paso. Utilizaba el palo como bastón, hundiéndolo en el barro para no ensuciarse las patas hasta los muslos. Pasó de largo por la entrada.

La lluvia empapó sus plumas, pero como caía a cántaros, se alegraba de que al menos sus patas se lavaran a pesar del barro.

—Llega a tiempo, soldado —le dijo el secretario del cuartel, un rinoceronte—. Aunque sé que usted es cien por ciento terrestre, debo verificar que sus alas no le permiten volar y le sirven solo de ornamento. Tenga en cuenta que sus antepasados podían elevarse, y si ese fuera su caso, tendría que incorporarse a las fuerzas plumíferas. Abra las alas y bátalas.

Tavo el pavo batió las alas y, al escurrir el agua acumulada bajo sus plumas, se sintió mamífero por un instante. No consiguió despegar.

—Sea bienvenido al servicio militar terrestre de la selva amazónica —concluyó el rinoceronte, soltando un barrito como parte de la bienvenida.

—¿Qué lo motivó a enlistarse? —preguntó.

—Vivía feliz en la granja, donde me daban de comer. Pero mi madre y yo fuimos las únicas aves que quedamos con vida tras de la epidemia que arrasó con todas las aves de granja. Si no me iba, este mes los humanos del pueblo habrían pedido mi cabeza para decorar sus bandejas.

—Comprendido, soldado Muchas aves salvajes nos han informado al respecto. —respondió—. Ahora le explicaré las normas de convivencia del cuartel. El encargado de despertar a todos es el gallo. Si se resfría, lo reemplaza el zorro. Si también cae enfermo, lo releva el jabalí. En resumen: si el gallo falla, le damos el megáfono al zorro o al jabalí.

—¿Contra quién es la guerra? —preguntó Tavo.

—Esta no es una guerra, soldado. Se trata de expulsar una especie invasora que no ha sabido respetar este hábitat. Nos cazan, nos comen, y nos usan como entretenimiento.

—Pero debe haber humanos buenos, como en todas partes —respondió Tavo, recordándome.

—Sí, los tenemos detectados. Son especímenes que cambian su manera de pensar cuando crecen. Los ejemplares adultos son los que mandan. —El rinoceronte hizo una pausa—. ¿De qué bando está usted?

—Del bando animal —respondió Tavo.

—Entonces debe de entender que la matanza de aves y diversos animales de la selva se acentúa durante estos meses. Dicen que lo hacen para celebrar. Y yo le pregunto, soldado: ¿qué necesidad tienen de matarnos para celebrar?

A la mañana siguiente, el gallo despertó a todos. Tavo compartía camarote con Tití, un mono con melena dorada. Con un sombrero podía parecer un trovador callejero o un ladrón de barrio bohemio al que, por lástima o simpatía, la gente le lanza una moneda. No era grande, pero se movía con extrema agilidad.

—Tú, ¿qué sabes hacer? —preguntó Tití a Tavo.

—No sé —respondió.

—Aquí todos tenemos una habilidad. —Lo miró con desdén y continuó—: Yo soy el trepador más rápido de árboles del campamento. Desde la cima de un árbol puedo ver a lo lejos si alguien se acerca, solo por el movimiento de las hojas. Piensa qué puedes hacer, si no, te asignarán tareas en la cocina, y te aburrirás.

Más tarde, reunidos en la explanada del campamento, la anaconda lideraba los entrenamientos matutinos. Los ejercicios incluían cruzar debajo de charcos, esquivar hojas filosas de plantas rastreras y reptar con eficacia. A Tavo le costaba reptar.

—Usted, el nuevo. Venga para acá —ordenó, la anaconda—. ¿Qué sabe hacer?

Tavo vaciló, miró a Tití, que le hizo una seña de aprobación. Entonces infló el pecho y desplegó el plumaje en abanico, luego se agachó hasta ocultar sus patas, hundiendo la cabeza hasta hacer desaparecer la papada.

—Interesante. ¿Con quién comparte camarote? —preguntó la serpiente.

—Conmigo. —respondió, Titi, dando un paso adelante.

—Póngase delante del nuevo —indicó.

Tavo se convirtió en una mañana nublada a punto de romper en llanto. Un eclipse de plumas que podía cubrir cinco o seis monos como Tití.

—Nos puede servir. Sí, nos será útil. Vuelvan a sus puestos —ordenó la anaconda.

—Mañana será un día largo —dijo Tití al regresar—. Vamos a liberar a los animales del zoológico.

—¿Y por qué no liberan a los animales por la noche? —preguntó Tavo.

—Porque no están acostumbrados a la oscuridad de la selva y podrían perderse o desorientarse.

El guardia forestal del zoológico dormía en la caseta de vigilancia junto a la entrada. No había estudiado para ser guardia forestal, pero lo contrataron porque no tenía miedo a los animales salvajes. Desde la caseta veía la puerta de entrada y el área de los felinos. Qué buena vida la de estos animales, no trabajan para comer, se decía. Qué lástima, no pude lanzar todos los gallos y pavos para que se los comieran, pero al menos murieron de forma natural. Aunque me habría gustado que siguieran siendo mascotas de mis sobrinos. ¡Ah, no! ¡Se salvó uno! ¡El pavo de mi sobrino se escapó!

—Tú, el de las plumas negras, irás con Tití a distraer al guardia. La caseta de vigilancia no tiene cortinas en la ventana y el guardia se despierta con las primeras luces de la mañana —ordenó la anaconda imberbe.

El escuadrón de lagartijas se encargaría de liberar primero a los animales grandes para que los ayudaran a sacar a los más ligeros.

Tavo y Tití llegaron a la ventana. Tavo no podía saltar, así que Tití se impulsó y luego, con la cola, ayudó a subirlo. La luz del amanecer golpeaba por el canto izquierdo de la ventana. Tavo abrió las alas para proyectar sombra hacia el norte.

—Se acaba de mover, gira sombra a la izquierda —indicó Tití. Tavo obedecía sin ver, con la cabeza escondida entre sus plumas.

La liberación de los animales del zoológico no tuvo ni el orden ni el sigilo previstos. Fue una estampida. Quizá los humanos repiten el error y les cuesta entender que privar de su libertad a un animal a cambio de comida, de hacerles actuar frente a la gente, de luchar contra la extinción natural de las especies, no tiene el nombre de zoológico sino de campo de concentración. Sería un buen giro narrativo que, en vez de películas sobre guerras humanas, usáramos animales como protagonistas.

—¡Qué pasa! —gritó el guardia.

—¡Vámonos, Tavo! —gritó Tití.

Tavo plegó las alas, el golpe de luz enceguecíó unos segundos al guardia que dio un salto. Se acercó a la ventana y sintió miedo. Puedo enfrentarme a un animal, pero a todos de golpe, imposible. «Tengo que atrapar al menos uno», pensó.

Mientras los animales huían, Tavo se quedó quieto. «Si todos mis ancestros han muerto en una olla para mantener una tradición, quién soy yo para romper esta costumbre», reflexionó.

—Me quedo, Tití —dijo, Tavo al deteniéndose.

—¡Estás loco, Tavo! —protestó el mono—. Te van a cazar —añadió.

—Siento que es mi destino —respondió con firmeza.

—¡Sigan, no se detengan! —gritó la anaconda—. Esto es una guerra, si abandona se quedará solo. ¡Nosotros lo juzgaremos por desertar, y los otros querrán comérselo!

Tavo pensó que estaba solo desde que nació y que por esa misma razón tenía derecho de elegir su camino. Al fin y al cabo, las guerras no son otra cosa que una soledad interminable. Se detuvo en medio de la selva y abandonó el servicio militar.

—¡La corte marcial se encargará de usted! —gritó, la anaconda.

«Tal vez, si los animales que han muerto en las celebraciones humanas pudieran volver, esto acabaría», pensó Tití, mientras se perdía entre la maleza.

Tavo el pavo pasó el resto de su vida en la clandestinidad de la selva amazónica. Como la mayoría de los animales que llegan a conocer a los humanos, huyó del contacto con aquello que llamamos civilización y que los ejecuta en celebraciones por el nacimiento del hijo de un dios al que ellos no conocen, ni tienen por qué. ¿Quién mata humanos para celebrar algo? Se solía llamar cadena alimenticia, pero gracias a las armas es una cadena de exterminio que iguala las bajas animales.

Box evolution

Gracias a las ofertas del Black Weekend de cada semana, compré una de las clásicas cajas virtuales, las *vibox* (contracción del inglés virtual box), que son unos mini proyectores de imágenes de lo que quieres vivir en ese momento. A comparación de las *vibox* antiguas que uno tenía que recargar, ahora se activan con el calor del dedo pulgar de la mano no dominante y se autodestruyen de forma automática después de dos usos o al dejar de recibir impulsos eléctricos neuronales. Al inicio del boom, las *vibox* emitían reproducciones de pantallas sobre cualquier superficie con opciones de temas de conversación o situaciones en las que no podías intervenir. Una especie de televisión del primitivo siglo XXI. Hoy en día eso quedó atrás, puedes interactuar con el holograma de la gente, animales y objetos; no hace falta control remoto ni opciones.

La *vibox* se conecta por *bluetooth* con el chip que llevamos en la nuca. Basta pestañear para activar la conexión y por un algoritmo, que toma en cuenta las pulsaciones, dilatación de pupila y relajación de esfínteres; la *vibox* sabe con precisión lo que deseamos ver y lanza los haces de luz como en las salas de cines de aquel siglo. En esto también ha mejorado la dichosa cajita virtual. Los investigadores de aquella época lo llamaron injustamente inteligencia artificial. Pero no hubo nada más artificial en la vida de nuestros antepasados que verse obligados a hacer cosas que no querían. Eso no era vida, era teatro. Por culpa de ello quizá había tantas disputas económicas. La gente actuaba a ser feliz, sin serlo.

La facilidad de tener todos mis gustos, número de creación, los de la familia, amigos y exparejas virtuales facilita que las *vibox* adapten los personajes. En la cabina de 5 metros cuadrados encendí la caja y apareció la representación de una mesa familiar adornada para una ocasión especial, bandejas de comida, los abuelos sentados mientras mis padres y amigos estaban de pie a la espera de mi llegada. Era la primera vez que veía esa interacción. Nunca antes había sido protagonista de algo. «Quizá es un mensaje del inconsciente o una sorpresa por ser un cliente estrella», pensé.

—¿Qué tal estás? —preguntó mi abuela.

«Qué buena aplicación virtual, sabe que adoro a mi abuela, la anterior solo activaba charlas con amigos mientras mis abuelos observaban. Esto es evolución de verdad», pensé.

Me quedé callado, pero la respuesta salió como si fuera yo, sin serlo.

—Bien, abuela. Hoy ya no se celebra como antes en una casa. Hay menos espacio para la gente y ahora vivo en una cabina.

—Espero que estés bien, ¿has comido?

¡Fantástico! ¡Cómo han mejorado el producto! Antes esquivaban con respuestas generales que no tenían relación con el tema que yo planteaba, de tipo «¿cuándo vendrás a visitarnos?».

—¿Y tú qué tal estás abuelo?

—No me puedo quejar, hijo, estábamos esperándote para empezar a comer.

«Es definitivo, me suscribiré a esta marca de cajas virtuales», pensé. «¡Son la muerte!».

En ese entonces yo salía con una chica que vivía a ochenta y siete cabinas al norte, en la planta número 140. No se permite que uno salga con una persona que vive a menos de setenta cabinas de distancia, lo hacen para disminuir el riesgo del acercamiento físico que tuvo a mal traer a nuestros antecesores. Quería que nuestras familias virtuales se conocieran. En la vida real no hubiese tenido esa iniciativa, pero en el mundo virtual se puede de todo. Además, me quedaba poco para volver a ser utilizado como combustible. La sobrepoblación mundial hizo que las grandes potencias aceleraran el proceso de fosilización para usar los cuerpos de la gente muerta. Puesto en desuso el carbón, agotado el petróleo, cerradas las centrales nucleares, contaminado el mar, el aire y exterminados los animales, los ecologistas fueron por fin escuchados y se optó por la reutilización de los cuerpos.

Se permitía vivir máximo hasta los cuarenta años. A cambio te dejaban cumplir tus sueños por medio de estas cajas. A esa edad te llevaban al desguace de gente. No existe lo que hace siglos se decía fecha de nacimiento. Tenemos un número de creación.

«Cómo me gusta la historia», pensé, y la *vibox* me introdujo en un ambiente desde el que observé la prehistoria de la tecnología. Computadoras fijas de la era de piedra, disquetes cuadrados, internet y teléfonos móviles que al inicio tenían la forma de arma contundente de un troglodita pero que luego aligeraron en tamaño y peso conforme se perfeccionaban. El uso de estos medios y el comercio a través de ellos se saturaba un momento del año en el que, enceguecidos por la emoción, característica inservible de nuestro tiempo; intercambiaban de modo frenético, intenso, exagerado; objetos, cenas y abrazos. Resulta asombroso ver, gracias a la bibliografía holográfica disponible, la cantidad de energía que gastaban en acontecimientos de determinados periodos de lo que antes se conocía como años. El concepto año, para el lector de este siglo, es la manera arcaica en la que medían la rotación del planeta.

Me quedé con la duda de qué fue lo que hizo que mis conexiones neuronales hicieran que la *vibox* lanzara una imagen tan familiar, tan de diciembre, tan remota. Pensé en la historia de la Navidad y pasé a ver las efemérides romanas. Entre el 17 y 24 de diciembre, en la antigua Roma se celebraba la fiesta dedicada a Saturno, dios de la agricultura; las saturnales se rendían al solsticio de invierno. En medio de un banquete público, los amos y esclavos intercambiaban roles, en una especie de mundo al revés en el que inclusive los condenados a muerte veían aplazada la ejecución y podían despedirse satisfechos con el repertorio de gula y lujuria que se compartía en una sociedad que olvidaba el pudor. Las saturnales, con la llegada del cristianismo, tuvieron siglos de transición hacia la Navidad, que se concretó con el Concilio de Tours del 567, que estableció como periodo festivo del 25 de diciembre al 6 de enero.

La palabra solsticio hizo que la *vibox* fuera de una imagen a otra a modo de un saltamontes que brinca contento al encontrar hierba fresca. La primera, de una cultura del hemisferio sur, que celebraba el 24 de junio el solsticio de invierno con el Inti Raymi, fiesta del sol, conmemoración suprema de la cultura Inca. La segunda, el Sol Invictus, festejo con el que se finalizaba las saturnales. Si nuestros antepasados tenían tanto en común, no entiendo por qué perdían el tiempo en fronteras, en color de piel, en pasaportes que dejaran en claro el poder de una nacionalidad mientras gente a su alrededor moría por no tener qué comer, incluso en Navidad. Quizá la raíz de esas luchas infructíferas fuera el no aceptar en paz el contraste entre luz y oscuridad, negarse a sentir miedo y hacerse el valiente ante la contradicción de la vida. Qué diferencia con los días de hoy en los que no se extraña aquel Sol que veneraban los incas y romanos. Nosotros no extrañamos salir de nuestro cubículo.

La tecnología irrumpió en las relaciones humanas, el móvil paso a ser una prótesis del cuerpo, no un mero apéndice intestinal del que en esa época desconocían la utilidad, sino una mano más con la cual relacionarse obligatoriamente. La cadena de mensajes entre asistentes a una comida, *baby shower*, despedida de soltera, guateque por el matrimonio o el divorcio, a pesar de que estaban reunidos y podían charlar, fue el detonante para que alguien planteara que vivir con los padres después de nacer, era una pérdida de tiempo. Los móviles los educarían por ellos. A mí me educó la AK47, un núcleo de datos que nos transfería información adaptada según la edad por medio de los chips. Se tomó la decisión de no ponerle nombre para evitar desarrollar algún tipo de afecto. Poco a poco, con las primeras generaciones de padres sin hijos que criar, dejaron de realizarse los cumpleaños, aniversarios y demás convites que forjaban una identidad de hogar. Resistieron un tiempo más los eventos deportivos, festivales de verano, conciertos, carnavales, congregaciones religiosas y partidos políticos. Desapareció la compra de obsequios para fechas especiales.

Aquella celebración familiar masiva de la navidad dejó de ser un negocio rentable y, según los historiadores, el encanto se rompió por completo cuando aquel tradicional personaje de traje rojo, por presión de los amigos de los animales, dejó de usar renos y pasó a conducir un auto deportivo último modelo. Una organización ecologista mundial le criticó por promover la contaminación del planeta con el uso de motores de gasolina; el automóvil eléctrico tenía pocos kilómetros de autonomía para los recorridos que él hacía, la opción de usar un coche aéreo la descartó por temor a las alturas, pero contra todo pronóstico aceptó conocer los astros de alrededor como parte de una campaña para promover el turismo espacial. La fama le hinchó el ego y la panza, por eso el consejo planetario de salud lo consideró un mal ejemplo debido a la obesidad mórbida y le conminó a dejar de pasear por el mundo. Descuidó la barba, pero se reinventó y creó una aplicación para que los niños pudieran escoger un regalo en tiempo real. Uno de ellos fue un familiar del siglo XXI que eligió unas gafas tridimensionales y un dispositivo inalámbrico del tamaño de una libreta de apuntes de bolsillo, cuando existían bolsillos. Gracias al cuidado de mis tatarabuelos llegaron a mis manos. Tan solo nos permiten dos objetos antiguos por individuo, pero tengo la suerte de que mis tatarabuelos tuvieran un negocio de anticuario y eso me da una libertad adicional para, al menos, saber dónde están los demás objetos que servirán de combustible el día que cumpla cuarenta años. Asimismo, tengo un lapicero de colores y unas hojas de papel. Es cierto que puedo escribir con la mente y guardar los pensamientos en una memoria común, pero quizá la AK47 pueda recelarse con las ideas que tengo que sugerir con respecto a algunas costumbres de antaño que se podrían recuperar.

Si escribo en un papel tengo la certeza de que esas ideas no serán filtradas por AK47 y permanecerán. Olvidé decirlo, para los que recién prestan atención a este testimonio que viaja al pasado, no existe el internet de la prehistoria. Por eso prefiero dejar el testimonio por escrito, para que pueda explicar a los humanos del ayer que el problema no fue la tecnología, sino el ser humano, que no supo darle uso.

Por cierto, la reunión entre las dos familias se concretó. Ella se quedó sorprendida porque su *vibox* solamente le ofrecía una puesta en escena de regalos, cajas envueltas, arboles repletos de adornos, pero sin gente que, a pesar de todo, disfrutaba. No le hacía falta la compañía humana, por eso se quedó perpleja al ver la cantidad de familiares que le daban la bienvenida.

—Estoy encantada con tu familia —dijo poco antes de darme un beso virtual e irse.

«Qué suerte», pensé. «Con las citas anteriores suele ir bien hasta que aparece la familia y huyen por la conmoción de la acogida». Los objetos son los que nos hacen compañía, es lo que suelo pensar cuando recuerdo las generaciones primigenias que, poco a poco, antepusieron los elementos inertes a las emociones. No los culpo. Soy feliz. Es parte de nosotros, es nuestra Box evolution.